私がいつの間にか精霊王の母親に!?

桜あぴ子

Apiko Sakura

レジーナ文庫

登場人物紹介

サラ

ククル村で暮らす、平凡な10歳の女の子。
……だったはずが、「精霊王の母親」
という特別な称号を
持っていることが判明した。
思いやりがあり、優しい性格。

ジークフリート

水の精霊の加護を受けており、
「加護持ち」の中では最年少。
人間離れした美しさを持つ。
近衛騎士団に所属している、
優秀な青年。

マーク

サラの父。
村の防衛団団長で、
元B級冒険者。
セレナと運命的に出会い、
結婚した。

セレナ

サラの母。
村一番の美人といわれている。
実は、ある秘密が
あるようで……

マーブル

サラが森で拾ってきた子猫。
ふわふわの白い毛並みと
虹色の瞳を持つ。
サラのことが大好き。

アクア
精霊王の守役の一人。
水と氷の精霊。
フェビラル
サーズ町の教会の神官長。
好奇心旺盛で、
少年のような一面も。
モス
精霊王の守役の一人で、
リーダー的存在。
土と大地の精霊。
ティネ
精霊王の守役の一人。
風と嵐の精霊。
リード
精霊王の守役の一人。
火と炎の精霊。

目次

私がいつの間にか精霊王の母親に!?

序章

神は眠りにつく際に、世界を精霊王に託した。

これは神話にも出てこない、神と精霊達だけの秘密の約束。

そして精霊王は、今もどこかで世界の管理を行っている。


『大変ですわっ！　精霊王様がっ！』

『何事だ』

精霊王が暮らす時の狭間で、普段は冷静な精霊が慌てふためく事態が発生していた。

『精霊王様が出奔なさりましたっ！』

『なんだって⁉』

『確かに、精霊王様の気配がどこにも感じられないわ。まだ時間があると油断していたのがまずかったわね』

『とにかく、すべての精霊達に精霊王様探索のお触れを出すのだ。今の時期、精霊王様はまだご自分のお力をうまく使えないだろう。すぐに見つかると思うが……』

しかし精霊達の楽観的な予想は裏切られ、精霊王の行方はようとしてつかめなかった。

「にー、にー……」

「……子猫？」

少女は森の中で、鳴き声を上げる子猫を見つけた。

「にゃんっ」

少女が手を差し伸べると、子猫は嬉しそうにすり寄ってくる。

「猫ちゃん一匹なの？　こんなにガリガリに痩せてかわいそうに……。うちの子になる？」

「なぁーん！」

――この一人の少女と一匹の子猫との出会いから、すべてが始まる。

第一章　能力鑑定

「あら、サラちゃん。ちょうどよかった！　サラちゃんもこれから教会かい？」

「サマンサさん、おはようございます！　サリーもおはよう！」

「サラお姉ちゃん、おはよう！」

ある朝、私が手提げカゴを持って教会へ続く道を歩いていると、雑貨屋のサマンサさんから声をかけられた。

今日は週に三回開かれる、教会でのお勉強会の日だ。

サマンサさんも娘のサリーを連れて教会に行くところだったのだろう。

「悪いけれど、今日もサリーを一緒に連れていってもらっていいかい？」

「いいですよ。サリー、一緒に行こう？」

「うん！」

サリーは私の六つ年下で、四歳。一人で教会に行くにはまだ早い年頃だ。

私とサリーが手をつなぐのを見届けて、サマンサさんは急いでお店に帰っていった。

そのまま二人でしばらく歩いていると、サリーが私の手提げカゴをチラチラ見ていることに気づく。

きっと、いつものようにマーブルが手提げカゴの中にいるのか気になっているのだろう。

「マーブルと遊ぶのは教会に着いてからね」

私の言葉に、サリーは嬉しそうに頬を紅潮させたあと「うん！」と元気よく頷いた。

マーブルとは、私が飼っている子猫のことだ。

毛並みは真っ白でふわふわ。虹色の瞳はお日様の光で様々な色に変わって、いつまでも見ていたくなる。

ちょうど一年前の今頃、森の中をさまよっていたところを、果実採りに行っていた私が偶然見つけて家に連れ帰ったのだ。

お父さんは、子猫がたった一匹で森の中にいたと聞いて驚いていた。魔物がたくさんいる森を、親猫とはぐれた子猫が生き延びるのは奇跡に近いらしい。

確かに、拾った時のマーブルはガリガリに痩せ細り、とても弱っていた。

そんなマーブルを、私は元気になるまでつきっきりで看病した。そのためか、マーブルは私にとても懐いてくれて、それからというもの私達はどこへ行くにもいつも一緒だ。

今日もマーブルは、勉強道具の入った手提げカゴからご機嫌そうにこちらを見上げていた。

「あ！　ねーねだ！」

「サラ！」

「ちょうどよかった！」

「今日もよろしくね！」

サリーと二人で歩いていると、次から次へと声をかけられ、子供達を託される。

私が通るのを家の中から見ていたのではないかという程のタイミングのよさだ。

私自身もまだ十歳の子供だけど、このククル村の中では最年長だったりする。だから下の子達の世話を頼まれることが多かった。

教会に向かう子供達の中には、サリーのように勉強会に参加する年齢に達していない子もいる。けれど勉強会の間は神官様がご厚意で誰でも預かってくれるので、家事に仕事に忙しいお母さん達は我が子を教会へ向かわせるのだった。

教会は村から少し離れた場所にある。

目的地まであと半分といったところで、私はマーブルの入った手提げカゴを頭の上にのせ、疲れたとぐずる子達を両脇に抱えて歩く。

そうして先を行く元気な子供達に目を光らせながら、さらには後ろを歩く子供達にも声をかけつつ教会に向かった。

「おや、サラちゃん。おはよう」

「おはようございます！」

小さいとはいえ子供を抱えて歩くなんて、普通ならありえないくらいの怪力っぷりだと思うかもしれない。

けれど、こんな私を見ても村の人達は何も言わない。

これが私自身の腕力によるものではなく、魔法を使っているためだと知っているから。

そう、こんな非力な子供でも、魔法を使えば複数の子供を軽々と抱きかかえることが可能なのだ。

この世界では、みんな何かしらの魔法を使うことができる。とはいえ、すべての人が私みたいに気軽に使えるわけではないらしい。

不思議な話だけど、私は教えてもらう前から魔法を使うことができた。

ちなみに子供を抱える時に使っている魔法は、強化魔法というのだと以前お父さんに教えてもらった。

普通は、練習せずに魔法は使えない。ましてや自分が知らない魔法を発動することなんてありえないという。

ところが私は、気づいた時には魔法が使えていた。

最近では無詠唱で魔法が使えるようになっている。それはとても珍しいことなのだと、お母さんは言っていた。

なんでかっていうと、魔法を使うには精霊様の協力が必要になるからなんだって。

この世界にはたくさんの精霊様がいて、どんな精霊様が力を貸してくれるかによって使える魔法や、その効果の大きさが異なるらしい。

たとえば火の精霊様に好かれている人は火属性の魔法が、水の精霊様に好かれている人は水属性の魔法が得意だ。力のある精霊様にお手伝いしてもらえれば、人が使う魔法も強くなるとか。

無詠唱だと精霊様を呼ぶのは難しいから、普通はなかなかできないんだそうだ。

ただ、普通の人間には精霊様のお姿を見ることはできないので、詳しいことはあまりわかっていないみたい。

私は特に苦手な属性の魔法もないし、これという程得意なものもないけれど、この村にいる誰よりも魔法の扱いがうまいとみんなから言われていた。

まあ、高度な魔法を使うことはお母さんに禁止されているので、本当のところはどうなのかわからないけどね。

それに今は、とある理由から、みんなの私に対する期待が重すぎて困っていたりする。

「はあ……」

「ねーね、ため息ついてどうしたの？」

「だいじょーぶ？」

無意識にため息をついていたようで、抱えている子達が心配そうにこちらを見ていた。

「大丈夫だよ！　心配かけてごめんね」

お詫(わ)びに高い高いをしてあげると、子供達はきゃっきゃっと楽しそうに声を上げて笑う。

悩んでても仕方がないし、気持ちを切り替えなくっちゃね。

教会に着くと、いつものように神官様が教会の入り口でお出迎えしてくれた。

「「「神官様、おはようございます」」」

「「「ごじゃいます」」」

「みなさん、おはよう」

神官様に挨拶(あいさつ)をしたあと、村の集会所としても使われている教会の一室で勉強を教えてもらう。

教会で勉強するのは五歳以上の子供達なので、四歳以下の子達は部屋の後ろのほうで遊び始めた。

「マーブル、今日もお願いね」

私はマーブルを手提げカゴから抱き上げてお願いする。

「にゃん♪」

マーブルには子供達が危険な行為をしないか、いつも見守ってもらっていた。子供達に何かあるとすぐに鳴き声を上げてくれる、とても頼もしい相棒なのだ。

「マーブルだ！」

ずっとマーブルと遊びたがっていたサリーが、私に向かって手を伸ばす。どうやらマーブルを抱っこしたいようだ。

「優しくしてあげてね。マーブルも、みんなをよろしく」

「うん！」

「にゃん！」

サリーがマーブルを抱きかかえるのを、他の子供達がうらやましそうに見ている。そんな子達のために、私はおもちゃ箱に入っている動物のぬいぐるみやお人形をいつものように風魔法で動かした。

　子供達はお人形や動物と一緒になってクルクル回ったり、飛び跳ねたりして楽しそうだ。これでしばらくは大丈夫だろう。

「サラ！　早く席座れよっ。授業が始まらねーだろ」

　ぬいぐるみ達の動きにもっとひねりを加えるべきかと考え込んでいたら、すでに着席していたライリーに怒られてしまった。七歳のライリーは、村の子供達の中では私の次に年長になる。

　ライリーの言う通り、勉強組はすでに全員が席に着き、神官様も部屋に来ていて私を待っている状態だった。

「サラは相変わらずどんくさいな」

「うっ。ご、ごめんね」

　毎度のことながら、一つのことに夢中になると周りが見えなくなるのは私の悪い癖だ。

　しょんぼりしていると、ライリーと同い年のネネがフォローしてくれる。

「ライリーったら！　サラちゃんが小さい子達のお世話をしてくれるから、ネネ達はお勉強に集中できるのよ。もっと感謝しないと！」

　魔法のおかげか、四歳以下の子には絶大な人気がある私だけれど、これが五歳以上の子達になると少し話が変わってくる。

男の子達は生意気になり、女の子達はたまに年下の子を見るような目を私に向けるのだ。少し前のライリー達が、キラキラした瞳で私を見ていたのを懐かしく思いつつ、席に着く。

「今日はみんなにお話があります」

神官様が私達を見回し、ゆっくりと口を開いた。

私達は、普段は神官様から年齢別に出される問題を解くことが多い。

しかし、みんな一緒に神官様のお話を聞くこともある。そういう時は、四歳以下の子供達も自然と集まってきて耳を傾けるのだ。

「いよいよ、サラがサーズ町へ能力鑑定に行く日が近づいてきました。今回はせっかくですので、能力鑑定について話をしようと思います」

私が暮らしているラーミル王国では、十歳の時と成人する十五歳の時の二回、能力鑑定を受ける義務がある。

私は今年で十歳。初めての能力鑑定を数日後に控えていた。

そしてこの能力鑑定こそが、私の抱える悩みだったりするわけで……

「教会にある魔道具を使って行う能力鑑定では、各属性との相性や、習得している魔法、持っているスキル、そして称号の有無など、自らの能力のすべてを知ることができます。魔法を使うことで精霊様と触れ合うと、その人に精霊様と同じ属性が備わるのはみなさんもご存じですね？　能力鑑定では、その程度が相性度として明らかになります」

　私が悶々としている間も、神官様の説明はどんどん進んでいく。

　みんなにとってはまだ先の話だけれど、私が能力鑑定を受けることもあってか、彼らは真剣に話を聞いていた。

「各属性との相性を知ることは、自分の将来を考える指針にもなります。たとえば三年前に成人したカイは火属性と土属性との相性度が高かったため、十歳の頃に鍛冶職人になることを決めました。今は鍛冶職人のゲランさんの下で見習いとして頑張っています。もちろん、相性度が低かったからといって、諦める必要はありません。その属性の魔法を使うことで相性度が高くなったという話はよく聞きますからね。ただ、もともと相性のよかった属性より伸びが悪いのも事実です。やはり、より力を貸そうとしてくださる精霊様とのほうが、仲を深めやすいので、その属性の魔法をうまく扱えるようになるのでしょう」

「ネネにはなんの属性があるかな？　相性度はどのくらいだろう？　低かったらどうしよう？」

「へんっ！　お、俺はもう火と風の魔法が使えるもんね！　それなら二つの属性は絶対に持っているだろうし、相性度もそう低くないはず！」

神官様の言葉にみんながざわざわする。すると神官様が「この村の子達はみんな優秀ですから大丈夫ですよ」と、みんなを安心させるように言ってくれた。

でも、そのあとに続く言葉は余計だったと思う。

「中でもサラは特別です。きっと能力鑑定では驚きの判定が出るでしょう。私はそう確信しています」

神官様の言葉で、みんなが一斉にこちらを見たのがわかった。

そう、私の今の悩みはこれだ！

みんなの私に対する、この過度な期待はいったいなんなのか。

能力鑑定でみんなの思うような結果が出なかったらと考えると、すごく不安なのだけれど……

そんな私の様子に気づくことなく、みんなは楽しそうに会話している。

「サラは精霊様の加護持ちに違いないって、ボクの父さんが言ってた！」

「あたしも聞いた！　でも、加護持ちってなぁに？」

「それは先程お話しした、称号に関わります。称号とは、精霊様が私達に授(さず)けてくださるもの。残念ながら、称号をいただける人はそう多くありませんが、授かった場合には、その内容によって受けられる恩恵が変わります。そして称号は、好意持ちと加護持ちの二つに分けられます。好意持ちは、称号を授けてくださった精霊様の属性との相性度がずば抜けて高く、称号を持たない者よりも魔法の効果が上がります。一方で加護持ちの称号を持っているのは、現在この国では四人しかいません。特別な称号で、授かる恩恵も好意持ちよりはるかに大きいという話です。どういった恩恵なのかは私にはわからないのですが、噂では加護を授けてくださった精霊様のお姿を見ることができるようになるとか」

「サラちゃんは精霊様のお姿を見たことあるの⁉」

神官様の説明に、みんながこちらを期待のまなざしで見てくる。けれど、もちろんそんな経験はまったくない。

静かに首を振る私を見て、みんなの顔ががっかりしたものに変わる。

「私が話したことはあくまで噂ですからね。サラの能力を考えれば、十分に加護持ちである可能性は残されていますよ」

「サラちゃんすごい！」

「あ、あははは。あ、ありがとう？」

べるのだった。みんなに悪気がないことはわかっているので、私は引きつる顔に無理やり笑みを浮かべるのだった。

「お母さん、ただいま」

「にゃん」

「おかえりなさい」

マーブルと一緒に家に帰ると、お母さんが私のお出かけ用の服を繕っていた。

プラチナブロンドの髪と紫の瞳を持つお母さんは、村一番の美人と評判だ。ムートさんという旅商人がお母さんを一目見てすぐに結婚の申し込みをしたと言えば、お母さんの美人っぷりがよくわかるだろうか？

お父さんの一睨みでムートさんはすぐに申し込みを撤回したそうだけど、優しくって、とってもきれいなお母さんは私の自慢だ。

「お父さんは？」

「今日は門番のお仕事だって言ってらしたから、もう少ししたら帰ってくるんじゃないかしら？」

赤い髪に藍色の瞳を持つお父さんもなかなかの男前で、この村を守るために結成された防衛団の団長を務めている。村の周辺を巡回して魔物を倒したり、盗賊をやっつけたりと、強くてかっこいいお父さんももちろん私の自慢だ。

お母さんはお父さんに命を助けてもらったのがきっかけで知り合い、結婚したんだって。その時のお父さんはとても素敵だったのだと頬を染めて教えてくれた。

まるで物語のような出会いなので、もっと詳しい話を聞きたくなるのだけど、「サラが大人になったらね」といつもなぜかはぐらかされてしまう。

ちなみにそんな美男美女（びなんびじょ）の両親から生まれた私の外見は、悲しいことに平々凡々（へいへいぼんぼん）。茶色の髪に瞳は翡翠色（ひすいいろ）で、二人に似たところが一つもない。でも、お祖父様に似ているのだそうだ。

小さい頃、両親に似ていないと言われる度に落ち込んでいた私に、お母さんはお祖父様の絵姿が入ったロケットペンダントを見せてくれた。

「大好きなお父様に似ていて嬉しい」とお母さんが言ってくれたから、それからは何を言われても平気になった。

「そういえば、今日は能力鑑定について神官様がお話ししてくれたよ。能力鑑定は魔道具を使って行（おこな）うんだね」

「その通りよ。魔道具について他にも習ったことはあるかしら？」

マーブルを手提げカゴから出してやり、濡らしたタオルで足を拭いてあげながら、お母さんに今日教えてもらったことを披露する。

「えっと、魔道具は魔法が付与された道具のことで、とっても希少なものだからすべての町や村に置いておくことができないんだって。だから能力鑑定のためには、大きな町にある教会に行く必要があるんだよね？」

「正解よ。よく勉強したわね」

「えへへー」

「セレナ、サラ、今帰ったぞー！」

「あ！　お父さんの声だ！」

お母さんに頭を撫でられ喜んでいると、お父さんがたくさんの野菜を両脇に抱えて帰ってきた。

「まあ！　マーク、そのお野菜はどうしたの？」

「帰る途中で村のみんなにもらったんだ。数日後にサラが能力鑑定を控えているだろう？　みんなサラに何かしてやりたくて仕方がないみたいだな」

「サラ、明日にでもお礼を言いに行きましょうね。それにしても、食べきれるかしら？」

「……」

「にゃ?」

二人の話をよそに、私はマーブルの体を抱き上げてぎゅっと抱き締める。

マーブルが不思議そうに首をかしげるけれど、大人しく抱き締められたままでいてくれた。

「サラ、どうした?」

「……私、精霊様のご加護があると思う?」

「あんなに上手に魔法が使えるのだもの、大丈夫よ」

「うん……」

ここ数日、能力鑑定を受けるのが不安になっていた。

もし、みんなの期待に応えられなかったら……

うつむいていると、お母さんが私をマーブルごとぎゅっと抱き締めてくれた。

「精霊様のご加護がなかったとしても、大丈夫。あなたは私達のかわいい娘よ。村の人達が何か言ってきたら、お父さんにお仕置きしてもらいましょう」

「かわいい娘のためなら、お父さん頑張っちゃうぞ!」

お父さんはそう言って、私に向かって力こぶを作って見せてくれる。

お父さんが頑張ったら、村の人達は無事ではすまなそうだ。

でも、私のためだと思うと嬉しいな。

「二人とも、ありがとう。もし、加護がなかったとしても気にしないね！　だから、村の人達にはお仕置きしないで！」

二人にお礼を言うと、マーブルが私の手を必死でペロペロとなめてきた。

まるで僕もいるよと言っているみたい。

「マーブルもありがとう」

「にゃん！」

そうだよね。なるようにしかならないんだから、あまりくよくよ考えるのはやめよう！

――この時の私は、まさか加護の称号が霞むようなとんでもない称号が自分についているとは露知らず、のんきに笑っていたのだった。

そして数日後、ついに能力鑑定を受けにサーズ町に行く日がやってきた。
明け方の出発だったにもかかわらず、村のみんなはわざわざ集まって見送ってくれた。
それから馬車に揺られること二時間。私達一家はサーズ町の門の前で検問の順番を待っていた。

サーズ町は全体を巨大な壁で囲まれていて、門の前には長蛇の列。ククル村とは規模が違いすぎて、その大きさに圧倒されてしまう。

私が呆気にとられている間にも、少しずつ列は進んでいった。

お父さんが言うには、このまま順調にいけば一時間程で町に入れるらしい。

「マーブルは教会の中に連れていけるかなぁ」

私の手に頭を擦りつけてくるマーブルを撫でながら、お母さんに尋ねる。

「そうねぇ。神官様におうかがいして、もし無理ならお母さんがマーブルと一緒に外で待ってるわ」

本当はマーブルを連れてくるつもりはなかった。

マーブルを一匹で残していくのはかわいそうだけど、お母さんに人ごみでパニックになって逃げ出すかもしれないと言われて、連れていくのを諦めることにしていた。

なのでサマンサさんにお願いして、マーブルを今日一日預かってもらう予定でいた。

ところが、マーブルが私と離れたくないと必死になってしがみついてきたのだ。結局、降参したのは私達のほうだった。

あんなうるうるの瞳で見られたら、仕方がないよね。

今はご機嫌にのどを鳴らすマーブルを見て、やっぱり連れてきてよかったと思うのだった。

そうしてやっと私達の番がやってきた。

お父さんが門番さんに身分証を渡すと、彼は驚いたようにそれとお父さんの顔を交互に見つめる。

「冒険者カードですね。B級とはすばらしい！　しばらくこの町にご滞在されるのですか？」

「いや、とっくの昔に冒険者稼業は引退していてね。今はクククル村の防衛団で働いている。たまに魔物を引き渡しにギルドに行くから、カードはそのまま使えるようにしているんだ」

「それは失礼しました。では、本日はどのようなご用件で？」

「今日は娘の能力鑑定を受けに来た」

お父さんがこちらを見たので、お母さんと一緒に門番さんにペコリとお辞儀する。

お父さんのカードのおかげか、すんなりと町の中に入ることができた。

「お父さんって、すごいんだねっ」

「あー。まぁ、ここらあたりは辺境だからな。魔物を倒せる冒険者は優遇してくれるんだ。王都に近いところは、もっと審査が厳しいぞ」

すごい、すごいとはしゃいでいると、お父さんが照れ臭そうに鼻の頭をかきながら、種明かしをしてくれた。

門番さんの様子を見れば、それだけが理由じゃないのは私でもわかるのにお父さんったら。でも、変に偉ぶらないのがお父さんらしい。

門の近くにある預かり所で、馬のメアリーと馬車を預かってもらうと、あとはもう教会に向かうだけだ。

お父さん達はこの町の教会に行ったことがあるのか、迷うそぶりもなく歩き出す。

私はマーブルをケープのポケットの中に入れて、はぐれないように二人と手をつないだ。

しばらく歩いていると、子供連れの家族が周りに増えてくる。

私と同じ年くらいの子ばっかりだ。みんな教会に行くのかな?

そんなふうに周りをキョロキョロ見回していたら、二人の足が止まった。

「サラ、ご覧。教会が見えてきたぞ」

慌(あわ)てて正面を向いた私の目に飛び込んできたのは、白くて大きな建物。

ククル村の教会とは比べものにならない大きさに唖然とする。

教会の入り口に近づくと、すぐに全身に真っ白な衣装をまとった神官様がこちらに気づいてくれた。

服装はククル村の神官様と同じで、少しほっとする。いつ見ても汚れが目立ちそうな衣装だ。

「能力鑑定をご希望ですか？」

神官様に、お父さんが頷く。

「はい。ククル村からやってきました。娘の名はサラです」

「では、こちらへ」

すぐに中へ案内しようとしてくれた神官様に、お母さんが声をかけた。

「神官様、教会の中に猫を連れていっても大丈夫でしょうか？」

「猫ですか？」

私は慌(あわ)ててポケットからマーブルを出して、神官様によく見えるように目の前に差し出す。

「この子なんです。名前はマーブル。まだ小さいから家に置いてくるのがかわいそうで……一緒に連れていってもいいですか？」

神官様は私の手の中にいるマーブルを見るため、わざわざ屈(かが)んでくれた。

「おや、本当にまだ小さい子だ。大丈夫だよ。控え室でご両親と一緒に待っていてもらおうね」

「ありがとうございます！」

「にゃーん」

よかった！　どうやら問題なく、マーブルも一緒に入ることができるみたい！

神官様の案内で、私達は教会の中を進んでいく。一定の間隔を空けてお花が飾られた廊下には赤い絨毯が敷かれている。白い廊下に映えてとってもきれい。

「こちらが控え室になります」

神官様が立ち止まり、部屋の扉を開けてくれる。その中では、何組かの親子がすでに座って待っていた。

「子供達は順番にお呼びいたします。能力鑑定が終わりましたら戻ってきますので、ご両親はそれまでの間、こちらでお待ちください」

「わかりました。ご案内ありがとうございます」

神官様は必要な説明がすむと、最後にマーブルをひと撫でしてから部屋を出ていった。

どうやら、神官様もマーブルの魅力には抗えなかったようだ。

控え室に置かれた長椅子にはあまり空きがなく、どこに座ろうか悩んでいたら、近くに座っていた親子が声をかけてくれた。ありがたくお言葉に甘えて、隣に座らせてもらうことにする。

声をかけてくれた男性は、ハッサンさんというらしい。この町で宿屋を営んでいるのだと自己紹介してくれた。

奥さんの名前はエミナさんで、黒髪に茶色の瞳の女の子がアミーちゃん。

キリッとした眉と吊り上がり気味の目が印象的な彼女は、初対面でもまったく物怖じしないで話しかけてくれて、同い年なのにとても頼りになるお姉さんみたいな子だ。

アミーちゃんにマーブルを見せてあげたら、瞳をキラキラさせてとってもかわいいって言ってくれた。

「――じゃあサラちゃんは、この町に来たのは今回が初めてなんだ」

「うん。ずっと村から出たことがなくって。だから、昨日はなかなか眠れなかったの」

すっかりアミーちゃんと仲よくなった私は、お母さん達にも言っていなかった話まで打ち明けていた。

馬車の中で何度も欠伸をしていたから、お母さん達にはバレバレだったかもしれないけど。

「あたしも父ちゃんの仕事が仕事だから、この町から出たことがないのよね。能力鑑定を受けるのもこの町の教会でしょう？　鑑定の魔道具が違う場所にあったら、宿の仕事も休むことができたのに、がっかりよ」

アミーちゃん達が教会にいる間は、叔母さんが店番をしてくれているんだって。

だから、能力鑑定が終わったらすぐに家に戻らないといけないと残念そうに話してくれた。

アミーちゃんはお宿の仕事を継ぐ気はないそうで、王立魔法学校への入学を狙っているらしい。

「王都にある王立魔法学校は優秀な子供達しか入学できない、まさに特別な学校なの。卒業生の中には有名な冒険者や、平民から貴族になった人もいるのよ。鑑定結果によってはこの王立魔法学校に試験なしで入学できるらしいから、あたしはこのチャンスにかけているの」

「またお前はそんな夢物語のようなことを言っているのか！」

アミーちゃんの話が聞こえたのか、ハッサンさんが咎めるような口調で口を挟んできた。

「あたしは本気だから。もし能力鑑定で入学が認められたら入ってもいいって言ったの、忘れないでよね」

「期待しすぎてあとで泣くことになっても、父ちゃんは知らんからな」

アミーちゃんはこの件で何度もハッサンさんと衝突していて、つい最近になってやっと入学許可をもぎ取ることに成功したらしい。

そのかわり、入学許可証をもらえなかったら宿を継ぐことになるそうで、アミーちゃんのこの能力鑑定にかける思いは相当強いようだ。

王立魔法学校かぁ。

アミーちゃんの話を聞いて、私は将来のことなんてまったく考えていなかったことに気づく。

神官様がカイお兄ちゃんの話をしたのも、そんな私を見透かしていたからかもしれない。

神官様ごめんなさい。目先の能力鑑定のことで頭がいっぱいで何も考えていませんでした。

心の中でククル村の神官様に謝っていると、いつの間にか神官様がやってきて、私とアミーちゃんの名前が呼ばれる。

いよいよ私達の番だ！

「行こう、サラちゃん」

「うん！」

アミーちゃんの差し出した手をつかんで、立ち上がる。

すると、今まで私の膝で大人しくしていたマーブルが、私の服に爪をたてて離されまいと必死でしがみついてきた。

「フミーッ！」

「マーブル、いい子だからお母さんと一緒にここで待ってて。ね？」

すぐに戻ってくるからとマーブルをなだめてなんとかお母さんに託すと、アミーちゃんと神官様のもとへ向かう。

私達以外にもう一人、桃色の髪の女の子も一緒だ。

私達三人は神官様に連れられ、教会の奥に向かって進んでいった。

廊下はしんと静まりかえっていて、私達の足音だけが響く。

「さぁ。着きましたよ」

神官様が扉を開くと、中にいたたくさんの神官様達が私達を迎えてくれた。

部屋の正面奥には台があり、その上には透明な水晶玉が置いてある。

不思議なことに、水晶玉は淡く光り輝いていて、幻想的な雰囲気を醸し出していた。

あれが神官様の言っていた魔道具なのかな？

その向こうには、白髪で紫の瞳の神官様が立っている。

「では、アルム村のキャシー、台の前に立ちなさい」

「はい」

白髪の神官様がよく響く声で名前を呼ぶと、桃色の髪の女の子が返事をして台の前まで歩いていった。

あの子の名前はキャシーちゃんっていうんだ。

「水晶玉に手を置いて」

神官様の指示通りキャシーちゃんが水晶玉に手を置く。すると突然、彼女の目の前に透明な板が現れた！

「『きゃっ！』」

「大丈夫ですよ。あの板に能力鑑定の結果が表示されるのです」

突然のことに驚いて叫んでしまった私達に、ここまで案内してくれた神官様が教えてくれた。

キャシーちゃんの前に立った白髪の神官様は、板を見ながらなにやら紙に書いている。

「君は光の精霊様から好意を持たれているね。光の精霊様が好意を持つことはめったにないことだよ。魔力も十分あるし、他の精霊様達との相性もいいようだ。将来、他の精霊様からも好意を持たれる可能性が高い。とてもすばらしい鑑定結果だ」

白髪の神官様が書き終わった紙を見ながら笑顔で説明した。

「ありがとうございます！」

「こちらが鑑定書だ。ご両親に見せなさい」

神官様から紙を渡されて、キャシーちゃんがこちらに戻ってくる。

キャシーちゃんはほっぺたを赤く染めて、嬉しそうだ。桃色の瞳がキラキラと輝いていて、とてもかわいい。

次にアミーちゃんが呼ばれ、水晶玉に手を置くと、さっきと同じように板が現れる。

「君は火と水の精霊様に好意を持たれているね。相反する属性の精霊様両方に好意を持たれるとは珍しい。魔力量は普通だが、十歳ですでに二つの属性の精霊様から好意を持たれていることは、すばらしいことだよ」

「ありがとうございます」

アミーちゃんがほっとした顔でこちらに戻ってきた。私と目が合うと、笑顔を見せてくれる。

次はいよいよ私の番だ。緊張するよーっ！

「ククル村のサラ、台の前へ」

「はっ、はい〜っ」

緊張のせいか、変な声が出ちゃった。ガチガチに固まった足をなんとか前に出す。

アミーちゃん達がとてもいい鑑定結果だったから、自分だけ悪い結果が出たらとまた不安になる。

ダメ、ダメ！　結果なんて気にしないって数日前に決めたでしょ！

不安な気持ちを打ち消して水晶玉に手を置くと、前の二人の時と同じように板が一瞬で目の前に現れた。

近くで見た板は水晶玉のようにキラキラしていて、こちらからでは何が書いてあるかわからない。

白髪の神官様のほうからは読めるみたいで、板に目を通しつつ、紙にすらすらと文字を書いていった。

私はドキドキしながら神官様のお言葉を待つ。

すると、板に書かれていたことをすべて書き留めたらしい神官様から、驚きの声が上がった。

「こっこれは！」

予想外の反応に戸惑いながら、神官様の次の言葉を待つ。そんな私にかけられた言葉は思いがけないものだった。

「……なんであろう？」

「……へ？」

困惑している様子の神官様には申し訳ないけれど、私に聞かれても困る。こっちからはなんて書いてあるのかわからないんだもん。

こんなことはめったにないのだろう。周りにいる神官様達も戸惑っているみたい。

「あ、あの？　私の鑑定結果が何か？」

いつまでも結果を伝えてくれないことが我慢できなくて、白髪の神官様に話しかけてしまう。

でも白髪の神官様には私の声が聞こえなかったみたいだ。神官様はなにやらぶつぶつと独り言を呟くだけで、私の問いかけには答えてくれなかった。

「相性度は……おそらく高いのだ。しかし、これは……」

白髪の神官様は突然がばっと顔を上げ、真剣なまなざしで私を見つめる。

「……ところで、君に一つ質問をしたいのだが、いいかな？」

「はい！」

質問ってなんだろう？　鑑定結果と関わりのあることかな？

結果を教えてくれるなら、なんでもお話しします！　そんな気持ちで神官様の質問を待つ。

「君は……、いや。あなた様は人間なのでしょうか？」

「はへっ⁉」

「フェビラル様っ⁉」

白髪（はくはつ）の神官様のとんでもない質問に、周りにいた神官様達もさすがに騒ぎ出す。

私もわけがわからず大混乱だ。私って人間じゃないの？

いやいや、お父さんもお母さんも人間だし、私はお祖父様似だってお母さんも言ってたもん。

わたし、にんげん、だいじょうぶ。

「フェビラル様、いったいどうしたと言うのですかっ」

「そうですよ。お早く鑑定結果を――」

「鑑定では人間なのだ。しかし、称号が……」

他の神官様に急（せ）かされて、白髪（はくはつ）の神官様がようやく私の鑑定結果について話し出す。

私はその呟（つぶや）くような言葉を聞き逃さなかった。

「私にも称号があるんですか⁉」

神官様がこんな変な反応をするなんて、いったい私にどんなおかしな称号がついているというのか。じらさずに早く教えて～！

「称号は……精霊王の母親、と」

せいれいおう？　精霊おう……、精霊王⁉

「「「「「……はぁーっ⁉」」」」」

みんなの心が一つになった瞬間だった。

私が精霊王様の母親⁉　普通の精霊様にもお会いしたことがないのに、なれるものなのっ⁉

神官様達が私の鑑定書を囲んで絶句する様子を、私はぼんやりと眺めることしかできなかった。

その後、アミーちゃん達とは別れ、私だけ別室に連れていかれた。

アミーちゃんとキャシーちゃんは鑑定結果が認められたらしく、帰りがけに王立魔法学校の入学許可証を受け取っていた。しかし、さっきとは違って二人の顔に笑顔はなかった。

キャシーちゃんは先程とは打って変わって、なぜかふてくされたように唇を尖らせていたし、アミーちゃんは神官様に退出を促されても、すぐには部屋を出ずにこちらを心配そうに見つめていた。

アミーちゃんを安心させるためになんとか笑顔を作ったけれど、引きつっていたかもしれない。

私だけが通された部屋は、能力鑑定をした部屋や控え室より狭く、窓が一つもない。なんだか息苦しい部屋だ。

そこでお父さん達が来るのを待っているんだけど、神官様達は誰も一言も話さずに私をキラキラした目で見つめてくる。正直、とても居心地が悪い。

それにしても、好意持ちと加護持ち以外にも称号が存在するなんて驚きだ。

神官様達も初めて聞く称号のようだし、そんなものを私が授かっているなんて思いもよらなかった。

それに精霊王様かぁ。王様って言うくらいだから、精霊様の中で一番偉いんだよね？

そんな精霊王様から、なぜ私が称号を……しかも母親なんていうよくわからない称号を授かったのか、いくら考えても答えは見つからなかった。

ひょっとして私が人より魔法を使えるのは、この称号のおかげなのかな？

「「サラっ‼」」

尽きることのない疑問に一人で頭を抱えていると、青い顔をした二人が神官様に連れられてやってきた。

「お父さん！　お母さん！」

椅子から立ち上がりお母さんに抱きつくと、お父さんがお母さんごと抱き締めてくれた。

「いったい何があったんだ？」

「顔色が悪いわ。大丈夫？」

お父さん達も詳しい説明はされずに連れてこられたみたい。

二人にいっぱい心配されて、しっかり抱き締めてもらい、ようやく安心することができた。

私達が落ち着くのを待って、白髪の神官様が話しかけてくる。

「サラ様はご無事です。ですが、私共も初めて聞く称号を精霊様より与えられておりまして……」

「「サラ様？」」

神官様が私を様付けで呼んだことに、二人が首をかしげる。

そうだよね！　おかしいよね！

この部屋に来るまでに何度もやめてほしいと伝えたのに、「精霊王様の母上様を呼び捨てすることはできない」と、絶対に呼び方を変えてくれなかったのだ。

「事情をご説明しますから、まずはおかけください」

お父さんとお母さんに、能力鑑定をしてくれた白髪(はくはつ)の神官様が椅子をすすめる。

確か名前はフェなんとか様！　名前が難しくって覚えられなかったので、私の心の中ではフェ様と呼んでおこう。

……決して、様付け呼びの仕返しではないと言っておく。

「こちらをご覧ください」

私達三人が座ると、フェ様が紙を目の前に置いた。

先程の鑑定結果の紙だ。私もまだ内容を見ていなかったので、両親と一緒になってのぞき込む。

いったい、どんなことが書いてあるんだろう。あの変な称号以外は普通でありますように！

名前　サラ
種族　人間
年齢　十歳
レベル　一
体力　三〇＋一〇
魔力　二〇〇＋一〇〇〇
各属性との相性度
火　SSS
水　SSS
風　SSS
土　SSS
炎　SSS
氷　SSS
嵐　SSS
大地　SSS
光　SSS

闇　　SSS
聖光（せいこう）　SSS
闇黒（あんこく）　SSS
空間　SSS
時空　SSS
　――以下略――
習得魔法　全属性
スキル　家事手伝い、無詠唱、魔法無効、効果増幅、超回復
称号　精霊王の母親

「「「……」」」

読んでみたはいいけど、他の人の鑑定書を見たことがないので、私にはこの結果がいいものなのか、悪いものなのかわからない。

SSSって、いいの？　悪いの？

それに鑑定書に以下略なんて言葉、出てくるものなのかな？

すべての能力を教えてくれるんじゃないの？

体力と魔力量の欄に書いてある、プラスの数字もよくわからない。

気になるところを上げればきりがないので、私は自分で考えることを諦め、お父さん達を見上げて…………後悔した。

お父さんは口を大きく開けたまま、時が止まってしまったかのように動かないし、お母さんは口を手で覆って目を見開いている。こちらも動かない。

フェ様達を見ると、全員がなぜか頷いている。「その気持ち、よくわかるよ」とでも言いたげだ。

……誰か私に説明してください。

そう思いながら、とりあえずフェ様とは別の神官様がいれてくれたお茶を飲み、一息つく。

お父さん達もお茶を飲んで、少し落ち着いたみたい。

フェ様も二人の様子を見て大丈夫だと思ったのか、再び口を開く。

「鑑定結果には私共も非常に驚いております。なぜなら、私共も初めて見る内容が多くあるからです」

「あのっ。俺、いや、私は無学なもので、もしかしたらおかしなことを聞くかもしれませんが、よろしいですか」

「こちらもすべてにお答えできるかわかりませんが、どうぞ」

お父さんの言葉に、フェ様が優しく答える。

「たくさんの属性との相性度が書かれていますが、十歳の娘にこんなにたくさんの属性との相性度が現れるものなんですかね？」

「ふむ」

「私が十歳の頃は火、水、風、大地の相性度が表示されたくらいで、高いものでもランクはBでした。それに私が知っている最高ランクはSです。しかし、ここにはSが三つ並んでいる。これはどういった意味なんでしょうか？」

私もこれがどういう意味なのか知りたい。

そんな思いが伝わったのか、フェ様はわかったと言うように頷いてくれる。

「サラ様にもわかるようにご説明しますと、火、水、風、土は基本の属性で、その上位属性が炎、氷、嵐、大地になります。普通、私達は基本属性の魔法を覚える過程で精霊様と触(ふ)れ合(あ)い、基本属性との相性度を上げていくのです。それからより高度な魔法を使うことで、上位属性との相性度を高めていきます。相性度にはランクがあり、最低ランクのFから始まって、E、D、C、B、A、Sと上がっていきます」

「最高ランクは、やはりSなんですか？」

お父さんの問いに、フェ様は首を横に振る。

「いえ。一般的には知られておりませんが、SSランク保持者もおります」

「SSランク……」

「私共はSSランクが最高ランクだと思っておりましたが、認識を改めなくてはなりませんね」

「では、SSSランクは？」

「SSランクのさらに上だと思われます」

なんだか、すごい話になってきた。

SSSランクが今まで知られていなかったランクで、しかも最高ランクなんて。

これは称号の影響なのかな？

「サラ様は基本属性の相性がすでに最高ランクに到達していたので、上位属性との相性も表示されたのでしょう。しかしそれも最高ランクとは……。上位属性の精霊様は人里にはあまりいないので、基本属性よりも相性度が上がりにくいのですよ」

「光と闇の属性は、村の神官様に教えてもらったので知っています。だけど聖光と闇黒は初めて聞きました。光と闇の上位属性ということですか？　それに、空間と時空とは、いったいどんな属性なんですか？」

私は鑑定結果を改めて見ながらフェ様に質問してみる。だけど……

「わかりません」

「は？」

「この二つの属性を持っていた人は過去に存在していたようですが、かなり昔のことでして、資料が少なく詳細がわからないのです」

「そうなんですか」

「それに属性の最後に以下略と書かれていますが、こちらも初めて見るものでした。あの水晶玉で表示できる限界を超えてしまったのだと考えられます。王都にあるレア級の水晶玉であればサラ様の持っているすべての属性が表示できるはずですが……。残念です」

やっぱり、鑑定書に以下略なんてつくのは、本来ならありえないことだったんだ。

ちょっと気になっていたので、モヤモヤが少し晴れた気がした。

まあ、何も問題は解決していないんだけどね！

「では、サラはここに表示されている以外の属性も持っているということですか？」

お父さんが尋ねると、フェ様はゆっくりと頷いた。

「あくまで予想ですが」

鑑定書に載っている以外にも属性を持っているとは思わなかったので、神官様の言葉に私達親子は驚くしかない。

「私、そんなにたくさんの属性の魔法を使った覚えがありません！」

思わずそう口に出していた。

だって、鑑定書に書いてある属性だって初めて知るものばっかりだったのに、他にも持っているかもなんて信じられなかった。

私は教わっていない魔法でも使うことができたけれど、それらはお母さん達が知っている魔法ばかり。神官様達でさえ知らないような属性の魔法を使った覚えなんてなかった。

「ふむ。では、特に特殊な魔法を使った覚えはないと？」

「はい！」

フェ様の言葉に力いっぱい頷く。

「娘の言う通りです。サラはまだ十歳ですし、危険ですので基本属性の上位魔法や攻撃魔法は教えておりません。それに、私は光属性や闇属性の魔法を使えませんので、教えることができませんでした。本当に基本的なことしか教えていないのです」

お母さんが補足するように、フェ様に説明してくれた。

「では、ごく普通の娘さんだったと？」

「それは……」

それはそうだろう。だって普通の子は、教わっていない魔法を使えない。

フェ様の質問に、お母さんは言葉を濁す。

「……娘は私達が使う魔法を一目見ただけで使いこなすことができました。詠唱を教えたわけでもないのに、です。最近では無詠唱で魔法が使えるようになっておりまして、今では私が教えていない魔法もすべて無詠唱で使えております。娘が言うには、こうなればいいなと思っただけで魔法を使えるそうです」

「鑑定書に無詠唱スキルがありましたが、習っていない魔法にも発揮されるとは」

フェ様達がとても驚いているのが伝わってくる。

やっぱり、普通のことじゃないよね……。

「ですが、娘は空間魔法や時空魔法を使ったことはありません。高度な魔法は使わないよう言い聞かせておりましたし、そのように珍しい魔法を使えば私達にわからないはずがありません。そうよね、マーク」

「その通りだ」

お母さんの言葉にお父さんが頷く。神官様達は顔を見合わせたあと、フェ様だけがこちらに身を乗り出して話し出した。

「私共はこれらの鑑定結果は、すべて称号の影響ではないかと考えております」

ついに最大の謎である称号の話になった！

精霊王様の母親なんていうよくわからない称号が、私にいったいどんな影響を及ぼしているんだろう？

「まったく未知の称号ですので確かではありませんが、精霊王様はすべての属性を持っていると伝えられています。それが本当であれば、精霊王の母親の称号を持つサラ様は、全属性との相性度が高かったとしても不思議ではありません」

「私達にはどうしてそんな称号がついたのか、わからないんですが……」

お父さんの言葉に、神官様達ががっかりしているのがわかった。フェ様は椅子に深く座り直して、少しの間何かを考えているようだった。そして、おもむろに口を開く。

「もしかしたら、称号がついた理由を調べることができるかもしれません」

「できるんですかっ⁉」

思わずフェ様のほうに身を乗り出した。フェ様は頷いて話を続ける。

「はい。精霊様のご加護を持つ方に、サラ様を見ていただくのです。加護持ちは精霊様の姿を見て、話すことができます。精霊様ならなぜこのような称号がついたのか、わかるかもしれません」

「加護持ちはこの国に四人しかいらっしゃらなかったはずです。サラ一人のために、そこまでしていただけるんですか？」

お母さんが不安そうに問いかけると、フェ様はキリッとした顔をした。

「サラ様のためなら、私が国にかけ合います」

フェ様の力強いお言葉に、私達家族は感動する。

そこまでしてくれるなんて、フェ様はなんて優しいんだろう。

「そうだ。その際に、レア級の水晶玉もお借りしよう。サラ様の持つすべての属性を調べるのだ。きっと私達が知らない属性があるはずだぞ！」

フェ様の言葉を聞いて、周りの神官様がなにやらざわざわと慌て始めた。

「フェビラル様⁉　さすがにそれはっ」

「なぜだ？　こういう時に使ってこその魔道具だろう。いざとなれば、陛下を脅してでも……」

「しまった！　フェビラル様の悪い癖がっ。一旦、フェビラル様を部屋の外へっ」

「「はいっ」」

フェ様の話がどんどん物騒な方向に進んでいくのを、ミルクティー色の髪にオレンジ色の瞳の神官様が止める。

「さっ。神官長様、少し外の空気でも吸ってきましょう」

「いや。私はまだサラ様達と話をしなければ。……おい、なぜ両腕をつかむのだ。離しなさい、私はまだ話を――」

話の途中にもかかわらず、フェ様は二人がかりで両腕をつかまれ連れ去られてしまった。

「急なお話で皆様もお疲れでしょう。三十分程休憩を入れたいと思います。ではっ」

フェ様を外へ出すよう指示した神官様は、何事もなかったかのように言う。そして、フェ様を追いかけるように急いで部屋を出た。

「「「……」」」

……国にかけ合ってくれるっていうのは、優しさなんだよね？

「神官長が失礼いたしました」

神官様達の見事な連係プレーに驚いていると、部屋にまだ残っていた神官様に謝罪される。

どうも、私達が気分を害したのではないかと心配しているみたい。

でも、神官様の謝罪よりも私達の興味を引いたのは、別の言葉だった。

「「「……神官長？」」」

「ええ。フェビラル様はこの教会の神官長でして、他の神官に命令……いえ、失礼。指示を出していたのが副神官長になります」

そんなにすごい人だとは思っていなかったので、まさかの答えに三人で驚く。

「神官長様は国王陛下が幼い頃、教育係をなさっていたこともあったとか。ですから、国からは必ずいい返事をいただけるかと思います」

「そんな方がなぜこんな辺境の町に……」

お父さんが思わずといったふうに疑問を口にする。

「さぁ。私にはわかりかねますが、何分（なにぶん）あのような性格の方なので、その……」

最後は言葉を濁（にご）していたので、私にはなぜフェ様がここに来たのかよくわからなかった。

でも、お父さん達はわかったみたい。二人して深く頷いている。

あとでどうしてなのか、教えてもらおう。

そのあとすぐに、残っていた神官様も部屋を出ていったので、この部屋には私達親子三人だけとなった。

フェ様の勢いに押されて、あっという間に国に連絡してもらうことになってしまったけれど、本当にそれでよかったのかな？

落ち着くといろいろなことが不安になってくる。

「お父さん、お母さん……」

「どうした、疲れたか？」

「神官様達が戻ってくるまで、お母さんにもたれていいのよ？　少し目をつむるだけでも楽になるわ」

こんな騒ぎになったのに、お父さん達は変わらず私に優しい。

「ごめんね。私に変な称号がついてたせいで、お父さん達に迷惑かけちゃったよね」

申し訳なくって、二人の顔を見ることができなくて、うつむいたまま話す。

「私って、これからどうなるのかなぁ」

こんなことを聞いたって二人が困るだけだとわかっているのに、止まらない。

気にしないと言いつつ、加護があったら嬉しいなと思っていた。その罰が当たったのかな？

まさか、この国に四人しかいない加護持ちの人を呼ぶ事態になるなんて思いもよらなかった。

「そうだなぁ。とりあえず今日はお母さんにごちそうを作ってもらわなくちゃな！」

「……え？」

お父さんからの予想外の返事に思わず顔を上げると、二人は優しいまなざしでこちらを見ていた。

「そうね。今日はサラの好きな食べ物をなんでも作ってあげる」

「サラ、よかったな！　そのためにも早く終わらせて、暗くなる前に村に帰らないと。お父さん一人ならまだしも、大切なお前達を危険な目にあわせたくないからな」

私のせいでこんなに大事（おおごと）になって、不安で仕方ない。けれど、二人はいつも通りだ。

「そういう話じゃなくって」

私は思わず小さく首を横に振る。

「嬉しくないのか？」

「それは嬉しいけどっ。私が聞きたいのは、そんなことじゃないのっ！」

お父さんがわざと話をそらしてるとしか思えない。不満で、大きな声が出てしまう。

なのに、お父さんはなんてことないように言うのだ。

「どんな鑑定結果が出たとしてもお前は俺達のかわいい娘に変わりないからな」

「お父さん……」

お父さんが私の両脇に手を入れて抱き上げ、自分の膝にのせてくれる。お母さんはそんな私達の様子をただ微笑んで見つめていた。

「お前は何がそんなに不安なんだ？」

「だって、神官様が初めて聞く称号だって」

「なんにでも初めてってもんは必ずある。そんなことでお前が俺達に謝ることはない。それに神官様達の顔を見ただろう？　あんなに興奮して、サラ様、サラ様って言ってるんだ。悪い称号ってわけでもないだろうし、あんなにたくさんの属性を使えるなんて、すごいじゃないか」

「お父さ～ん。ぐすっ、ひっく」

お父さんの優しい言葉に涙が溢れ、止まらなくなる。

でも、ハンカチを出すためにお父さんから離れるのが嫌で、お父さんの肩に目元を擦りつけて涙を拭いた。

「目を擦ってはダメよ。真っ赤に腫れてしまうわ」

そう言って、お母さんはハンカチで優しく涙を拭きとってくれ、お父さんは私の背中をポンポンと叩いてくれる。

「おっ、おがあざぁん。ひっく。んっく。あ、ありがとう」

「いきなりいろいろな話を聞いて、驚いたわよね。サラはまだ十歳なのだから、あとのことはお母さん達に任せてちょうだい」

お母さんの言う通りわからないことだらけだし、何も解決していないけど、不思議とさっきまでの不安な気持ちはどこかに消えていった。

普段よりも少ない睡眠時間とありえない事態の連続で、私の疲れはピークに達していたようだ。強烈な眠気が私を襲う。

その眠気と戦いながら、もう一つ気になっていたことをお母さんに聞いた。

「マーブルはどこ？」

お母さんに預けたはずのマーブルがいないことが気になっていたのだ。今までは聞ける雰囲気ではなかった。

もしかして、一匹だけで寂しく私達の帰りを待っているんじゃないかと心配だった。

だから答えを聞くまでは眠るまいと必死になって目を開ける。

「マーブルはハッサンさんにお願いして預かってもらっているの。すべてが終わったら迎えに行きましょう」

「ん……」

よかった。アミーちゃんが一緒ならマーブルも寂しくないよね。

「神官様達が戻ってくるまで、少し眠るといい」
お父さんにそう言われるやいなや、私はお父さんの腕の中ですとんと眠りについた。

◆◆◆

「眠ってしまったか」

サラの父——マークが聞くと、母——セレナは静かに頷いた。

「はい。緊張の糸が切れたのでしょう。ぐっすりです」

「俺達だって驚きの連続でいっぱいいっぱいいっぱいなんだから無理もない」

すやすやと眠るサラの顔を見る二人の表情は穏やかだ。

しかし、サラが寝ているうちに話し合っておかなければいけないことが二人にはあった。

「……加護持ちの方はどなたがいらっしゃるのでしょうか？」

「わからない。四人の中に顔見知りは？」

「私はあまり王宮に顔を出したことはありませんでしたから、おそらくいらっしゃらないかと。ですが、どこかですれ違ったことはあるかもしれません。もし、お父様にご迷惑をおかけすることになったら……」

「大丈夫だ。もしもの時はロドルフ様の負担にならないように、三人でこの国を出よう」

不安そうにマークを見つめるセレナに対して、マークはそう慰(なぐさ)めることしかできなかった。

コン、コン、コン。

ノックの音で目が覚める。

「サラ、起きれるか？」

「もう大丈夫っ」

時間にすれば十五分と短い時間だったようだけど、すっきりとした気分で目を覚ました。

お父さん達に不安な気持ちを吐き出せたからかもしれない。

今は前向きな気持ちで話の続きを聞くことができそうな気がする。

フェ様は部屋に入ってくると、さっきの騒動などなかったかのように落ち着いた様子で席に座る。

その背後には副神官長様が控えていた。

「国との交渉は終わりました」

休憩時間は副神官長様の宣言通り三十分だったにもかかわらず、フェ様は国との交渉をすでにすませていた。

とても満足そうなので、いい結果だったのかな？

「そんな簡単に返事をもらえるものなんですか？」

「国王陛下を直接脅し――」

「んんっ‼」

副神官長様がフェ様の話を遮るように咳払いしたけど、はっきり聞こえちゃったよ。

お父さん達はフェ様の発言で、顔を真っ青にしている。

「国王陛下に直接かけ合ったところ、快く加護持ちをお一方、この町に遣わしてくださることになりました」

フェ様が何事もなかったかのように話し始めた。

「この町に来ていただけるんですか⁉」

「はい。この町から王都までは馬車を使っても半月以上かかりますし、決して安全な旅とは言えません。私の憶測だけで、サラ様にそんな長旅をさせるわけにはいきませんから」

「私達にはありがたい話ですが、加護持ちの方のご負担が大きいのでは？」

「竜便を使えば一週間もかからずに来られますよ。相手はいい大人ですから、大丈夫でしょう。国王陛下の勅命ですしね」

　お父さん達は恐縮しているのに、フェ様はけろっとしている。

「あの。国王様には娘のことをなんとお伝えしたんですか？」

「国王陛下にはまだ何もお伝えしておりません」

「えっ？」

「今の段階でお話しできることはすべて憶測です。国王陛下にお伝えするにはもう少し調べてからでないといけませんからね」

「では、今回はどうして加護持ちの方に来ていただけることに？」

「誰でもいいので、手が空いている加護持ちを私のもとに大至急遣わしてくれるようにお願いしたのです」

「り、理由も言わずにですか？」

「精霊様にお聞きしたいことがあるとは伝えましたから」

　どうやらフェ様はかなりの無茶をしたようだ。

お父さん達が呆気にとられていると、フェ様が表情を改めて、真剣な顔をする。

「今の段階でサラ様の鑑定結果の話をすれば、国王陛下が望む、望まないにかかわらず、サラ様はご両親から引き離されます。異例の事態ですから、王都で調査することになるでしょう」

「そんなっ⁉　娘はまだ十歳ですよ⁉」

あまりの言葉にお父さんが責めるような声を上げ、お母さんは私を守るように抱き締めてくれる。私も離されまいと、お母さんに必死に抱きついた。

「お二人とも落ち着いてください」

「ですがっ」

「私が鑑定結果のことを伝えていればの話です。私は一言も国王陛下に伝えておりませんし、ここで話を聞いたすべての神官は、他言無用の誓約魔法をすでに受けています。精霊様に誓って、この秘密が漏れることはありません」

「ですが、加護持ちの方がサラを見れば、その結果を国王様に報告しますよね？　それに神官長様も、最終的には国王様にご報告されるとおっしゃっていたじゃないですか。だったら、少し先延ばされただけで、娘が私達から引き離されることに変わりはない‼」

「いえ。そうはなりません」

「なぜそんなに自信を持って言えるんだ‼」

お父さんは身を乗り出して、フェ様に詰め寄る。

しかし、フェ様はお父さんの剣幕にも動じることなく、とんでもない爆弾を投下した。

「実は私、神に仕える前は王族の一員でして」

「……えっ？」

「今の国王陛下は私の甥にあたります」

「えっ？」

とんでもない話を世間話のようにさらりと伝えられ、私達はあまりのことに言葉が出ない。

お父さんなんて驚きすぎて、「えっ？」としか発していない。

フェ様とお父さんの二人をぼんやり眺めていると、お母さんが私を抱き締めるのをやめて立ち上がる。それから両手でスカートの裾をつまみ、腰を曲げて頭を深々と下げた。

初めて見るお辞儀の仕方だけど、お母さんがするととってもきれい。

フェ様達も感心したようにお母さんを見つめていた。

「ほう」

「王族の方だとは知らず、大変失礼いたしました。何分(なにぶん)私達はただの村人、今までの無作法を何とぞお許しくださいませ」

お母さんが凛(りん)とした声音で告げると、フェ様は興味深そうに口を開く。

「こんなに素敵なカーテシーをなさる方が、ただの村人だとは思えないですが」

「いえっ。私は……」

フェ様の言葉に、お母さんはなぜか慌(あわ)てたようなそぶりをする。フェ様は気にしていないように話を続けた。

「まぁ、私は神に仕(つか)えるためにすでに王族を離れた身です。顔を上げて楽にしてください」

「ですが」

「さあ、席に着いて」

フェ様の言葉でようやくお母さんは立ち上がり、椅子に座り直した。

お父さんもその間に気持ちを立て直したみたい。

「そういうわけで、王族を離れた今でも国王陛下と直接話をする手段を持っているのです」

「だからこんなに早く交渉していただけたんですね」

「そうです。ただ、加護持ちが王都から離れることはめったにありません。必ず貴族共は気づき、理由を知ろうとするはずです。もし、現時点で王都にサラ様の鑑定結果を知られれば、権力争いに巻き込まれるのは必至。サラ様の称号は特別ですから、悪用しようとする者がいることは容易に想像できます。サラ様はまだ幼いですからね。ご両親と引き離せばどうとでもなると、馬鹿なことを考える貴族は多いでしょう」

「サラの鑑定結果を伝えなかったのには、そんな理由があったんですか。ですがやっぱり、加護持ちの方がここに来れば、同じことになるんじゃ……」

お父さん達と引き離されると考えるだけで、怖くて泣きたくなる。

そんな私の心中を知ってか知らずか、フェ様がさらに安心させるように言葉を重ねた。

「だからこその私です。今まで国王陛下に無茶ぶりしていたことが、役に立ちました。何度か加護持ちの方をこちらに派遣してもらったことがあったのです。今回のこともいつもの私の我儘（わがまま）だと認識されていますから心配ありませんよ」

……それって大人としてどうなの？

お父さんはどう返事をすればいいか戸惑っているみたい。

「加護持ちの方には、サラ様と引き合わせる前に他言無用（たごんむよう）の誓約魔法を受けてもらいます。称号の恩恵次第では国王陛下にご報告しなくてはなりませんが、その際には私がサラ様の後見役となりましょう。私のすべての力を使って、皆様をお守りします。どうか信じていただけませんか？」

フェ様には何かと振り回された気がする。だけど、フェ様が本当に私のためにいろいろと考えてくれていることがよくわかった。

お父さんは肩の力を抜き、お母さんと私の顔を見たあと、フェ様に向き直って深々と頭を下げる。

「よろしくお願いします」

フェ様はお父さんの言葉に、力強く頷いてくれた。

加護持ちの方が教会に到着し次第、ククル村に連絡をしてくれることになった。

フェ様と少し打ち解けたところで、部屋を出る。

「では、一週間後に」

「はい。よろしくお願いします」

教会のすぐ外でお父さん達と副神官長様が別れの挨拶をしている時、フェ様が扉の隙間からこちらをうかがっていることに気づく。

神官長様が私達を見送るのは目立つのでよくないと副神官長様に言われていたのに、あんなわかりやすい隠れ方で大丈夫なのかな？

フェ様を見つめていると目が合い、彼は私に向かって手を振ってくれる。

無視するのも申し訳ないので、小さく手を振り返すと、とてもいい笑顔でさらに大きく手を振ってくれた。

「あとでお説教ですね」

ボソッと呟いた副神官長様のお顔が怖い。手を振り返した私も悪いので、謝っておこう。

「ごめんなさい」

「サラさんは謝る必要などありませんよ」

外で騒ぎになってはいけないと、普通に名前を呼んでくれている副神官長様と、それを台無しにするように目立っているフェ様。

お父さん達ともう一度副神官長様に頭を下げ、私達は逃げるようにその場を去ったのだった。

お父さん、お母さんと手をつなぎ、マーブルの待つアミーちゃんのお宿に向かう。

「にゃっ‼　にゃーんっ！」

マーブルは私を見た瞬間、アミーちゃんの手から抜け出して私の胸に飛び込んできた。

「マーブル、遅くなってごめんね」

みついてくる。

「にゃんっ」

マーブルのふわふわの毛に顔をうずめると、マーブルも離されまいと私に必死でしがみついてくる。

「アミーちゃん、ありがとう」

私達が来るまでずっと待っていてくれたアミーちゃんにお礼を言う。

「マーブルはサラちゃんと会えなくて寂しそうにしていたけれど、お利口にして待っていたのよ」

「そうだったんだ。マーブル、偉かったね」

「にゃふんっ♪」

マーブルをたくさん褒めたあと、アミーちゃんとゆっくりお話しする。

「あのあと、どうなったの？」とアミーちゃんが心配してくれた。アミーちゃんには、水晶玉の調子が悪かったみたいで、来週にもう一度鑑定を受けるのだと伝える。これは事前にフェ様と決めた言い訳だ。

「じゃあ、その時に絶対会いに来てね」

また会えると喜んでくれるアミーちゃんに嘘をつくのはとっても辛いけど、さすがに本当のことを言うわけにはいかない。

私は心の中でアミーちゃんに謝りながら再会を約束して別れた。

ククル村に帰ると、出発の時と同じように村人総出でお出迎えしてくれた。

鑑定結果はどうだったのかと迫ってくるみんなに、お父さんは馬車の車輪が外れて直すのに時間がかかったため、町には行かずに引き返してきたのだと嘘をつく。

能力鑑定のことは、来週どんな結果になるか決まるまでは内緒にしておこうとみんなで決めていた。

村のみんなはがっかりしていたけれど、来週まで楽しみが延びたと思おうと好意的にとらえてくれた。

……そして一週間後、教会から手紙が届いた。

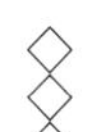

「マークさん宛てに手紙がきてたわよ」

初めての能力鑑定から一週間。

教会からの帰り道、サリーをいつものようにサマンサさんのもとへ送り届けたら、お父さん宛ての手紙をもらった。

真っ白な便箋には宛名が書かれているだけで、誰からの手紙かわからない。

でも、私にはある確信があった。

「今日で一週間だもんね。マーブル、もしかして、もしかするかも！」

「にゃん？」

手提げカゴの中にいるマーブルに話しかけるけど、マーブルにはよくわからなかったみたいで小首をかしげている。

でも、道端でサーズ町の教会の名前を出すわけにはいかず、駆け足で家に戻る。

家に帰るとすでにお父さんが帰ってきていて、お母さんと二人でお茶をしていた。

「ただいまー」

「おかえりなさい」

「おかえり。今日もしっかり勉強してきたか？」

「うん。最近は他の子に勉強を教えることもあるんだよ。神官様に、人に教えることで復習になるからって言われたの」

「他の子供達に教えてるのかっ。サラはお母さんと一緒で頭がいいなぁ」

お父さんが私の頭を撫でて、褒めてくれる。

いつもなら嬉しい時間だけど、今はそれどころではないと気持ちを切り替え、お父さんに手紙を渡す。

「サマンサさんから手紙を預かってきたんだ！　お父さん宛てだよ。もしかしたら、教会からかも！」

お父さんは私から手紙を受け取ると、真剣な顔で手紙を読み始める。

「サラ、気になるのはわかるけれど、先に手を洗ってきなさい」

「……はーい」

お母さんに促(うなが)されて流し台で手を洗い、マーブルを膝にのせて席に着く。すると手紙を読み終えたお父さんが顔を上げた。

「やはり、教会からの手紙だったよ。騒ぎにならないよう、教会の名は伏せてくれたんだな」

「加護持ちの方が到着したのかしら？」

「ああ。二、三日中に来てほしいそうだ。まさか、本当に一週間で到着するとは」

「防衛団のお仕事は休めそうですか？」

「そのつもりで予定を組んでいたから大丈夫だ。魔物もめったに村の近くに出没しなくなったし、最近は俺がいなくても魔物を倒せるようになった。今から副団長のラークの家に行って、あとのことを任せてくるよ。加護持ちの方をお待たせするのも悪いから、明日町に出かけよう」

「わかりました。じゃあ、私は村長に話してきます」

お父さん達は事前に決めていた通りに、てきぱきと教会に行く準備をし始める。

私はその間、マーブルと一緒にお留守番だ。

まずはお父さん達が使っていた茶器を洗い、片付ける。それからマーブルにミルクを与えると、やることがなくなってしまった。

そこで、マーブルをブラッシングすることにした。

「なぁ～ん」

マーブルはお腹を出して、気持ちよさそうだ。

「気持ちいい？」

「にゃんっ」

ゴロゴロとのどを鳴らすマーブルをひたすらブラッシングしながら、考えるのは明日のこと。

先日は衝撃の事実がいろいろ判明したけれど、謎なことばかりで結局何もわからないままだった。

加護持ちの人が来ることで少しでも進展があるといいのだけど、私自身、現実感のなさすぎる鑑定結果に、未だ頭がついていけてない。

お父さん達は今の段階では情報が少なすぎるから、無理に考えることはないと言ってくれた。でも、その言葉に甘えてばかりじゃダメだよね。

先日も不安に思うばかりで、お父さん達にフェ様達との話し合いをすべて任せてしまった。

自分のことなのだから、本当はもっと私も積極的に会話に参加しないといけなかったのに。

「明日は私も頑張ろう」

「に？」

ブラシを握りしめ、決意を固める私をマーブルは不思議そうに見つめていた。

第二章　精霊王の正体は？

手紙を受け取った翌日、私達はサーズ町の教会の前にやってきた。

「今日は正面から入らず、裏口から入る。二人ともフードを深くかぶって、顔が見えないようにしなさい」

そう言って、お父さん自身もフードを深くかぶる。私も慌(あわ)ててフードをかぶり直した。マーブルには、外から見えないようにポケットの中で隠れているよう言い含めておく。

今回は教会に泊まり込むため、マーブルの同行も許されたのだ。

裏口に回って、門扉に設置されている呼び鈴を鳴らす。しばらくすると見たことのある神官様が出てきてくれた。

「裏口から入ってすぐのあたりは、私達の居住場所になるんです。ですので、外部の人間がここまで入ってくることはありません。秘密は守られやすいかと。神官長はご自身の部屋でジークフリート殿と共にお待ちです」

「そのジークフリート様が、今回の？」

お父さんが神官様に尋ねる。

「加護持ちの方です。御年十八歳と、加護持ちのお方の中では最年少ですが、近衛(このえ)騎士団に所属なさっていて、とても優秀な方なんですよ」

そう言って神官様はある扉の前で立ち止まり、そっとノックした。

コン、コン、コン。

「お三方をお連れいたしました」

「おおっ！　お入りください！」

部屋の中からフェ様の声がする。

私達は神官様に促され、部屋に入る。すると……

美しく長いブロンドの髪に、澄んだ碧色の瞳。長身でスラッとした、絵本で見た精霊様がそのままそこにいた。

精霊様から目が離せなくなる。見とれていると目が合った。

精霊様は少し首をかしげたあと、こちらに近づいてきた！

私の目の前まで来ると、跪く。

「初めまして。僕はジークフリート・アニストンと言います」

「あなたは精霊様？」

「え？」

私の言葉にきょとんとする精霊様。

「くっくっくっ。サラ様、彼は人間ですよ。ジークフリート殿は今回の要請で来てくれた、加護持ちです」

フェ様が笑いながら教えてくれるけど、本当に？

お母さんよりきれいな人がいるなんて信じられない。しかも、それが男の人なんて！

思わず目の前にある顔に手を伸ばす。触れた顔は想像と違ってあたたかい。

「精霊様じゃないんですか？」

「残念ながら、僕は人間ですね。精霊様は僕の後ろに立っておられますよ」

私の言葉に困ったように笑う、ジークフリート様。

本人にも否定され、ようやく納得したところで、ジークフリート様の顔を触ったままなことに気づいた。

「ごめんなさいっ！　絵本に出てくる精霊様にそっくりだったから」

「いえ。精霊様に間違えられるとは光栄です」

慌てて手を離し謝ると、笑って許してくれた。でも、自分の勘違いが恥ずかしくって、思わずお父さん達の後ろに隠れる。

その間もジークフリート様は跪いた状態で、ニコニコとこちらを見ていた。

「あのっ。どうかお立ちください」

お父さんが声をかけ、ジークフリート様が立ち上がる。

「サラ。ジークフリート様がご挨拶してくださったのに隠れるなんて、失礼よ。ちゃんと挨拶なさい」

私はお母さんに叱られ、シュンとしたまま前に出る。

「サラといいます。さっきは、突然お顔を触ってごめんなさい」

もう一度ジークフリート様に向かって謝り、深く頭を下げる。そんな私にジークフリート様は飴をくれた。

「僕のお気に入りなんです。よければどうぞ」

促されるままに飴を口に放り込む。

「おいしいっ！」

もらった飴は私の好きな桃の味がして、とってもおいしかった。

思わず笑顔になると、ジークフリート様も嬉しそうにこちらに笑いかけてくれた。

ジークフリート様と二人で笑い合っていたところ、今まで大人しくしていたマーブルが突然ポケットの中で暴れ出す。

「マーブル、どうしたの？」

マーブルをのぞき込むと目が合って、嬉しそうに目を輝かせていた。

ずっと放っておかれて、退屈だったのかな？

「そこに何かあるのですか？」

ポケットの中に手を入れてマーブルの頭を撫でていると、ジークフリート様に聞かれる。

見せてあげようとマーブルをポケットから出した瞬間、マーブルがジークフリート様に飛びかかった！

「ぎにゃーっ！」

「マーブルっ⁉」

マーブルはジークフリート様の手に難なく飛び移ると、その手の上で威嚇したり、指をかじったり、やりたい放題だ。

「マーブルがごめんなさいっ。ダメでしょ、マーブルっ！　こっちに戻ってきなさい！」

「にゃんっ」

「めっ！」

「にー……」

最初はこちらに戻るのを嫌がっていたけど、再度叱ると、渋々私の手のひらに戻ってきた。

それからジークフリート様に謝ろうと顔を上げると、ジークフリート様はマーブルを受け止めた時と同じ格好のまま固まっている。

「ジークフリート殿、どうしたんだい？」

フェ様の呼びかけに、固まっていたジークフリート様がはっと我に返る。

「あっ、いえ」

「あのっ、マーブルがごめんなさい。お怪我はないですか？」

「怪我なんてっ！　その猫は君の……？」

「はいっ！　昨年、森の中で一匹でさまよっていたところを私が見つけたんです。それからずっと一緒なんですよ。ねー、マーブル」

「にゃんっ」

マーブルに話しかけると、かわいらしく返事をしてくれる。でも、またすぐにジークフリート様を威嚇(いかく)し始める。

もうっ！　なんでジークフリート様には攻撃的なのかな？

「なんてことだ」

ジークフリート様は私の言葉によろめくと、フェ様を睨(にら)みつける。

「フェビラル様はご存じだったのですか？」

「何をだ？」

首をかしげるフェ様。ジークフリート様の言っている意味がわからないみたい。

私もなんのことかわからなくって、お父さん達を見る。だけど、二人もわからなさそう。

そんなみんなの様子に気づかず、ジークフリート様はフェ様に詰め寄った。

「誤魔化さないでいただきたいっ。だからこそその誓約魔法だったのですね。昨日は一人の女の子を見てほしいとしかおっしゃらなかったので、不思議に思っていたのです」

「待ってくれ！　誤魔化すとはどういうことだ？　本当にサラ様を精霊様に見てほしかっただけで、なんの他意もないぞっ。まぁ、サラ様の情報を故意に伝えなかったのは認めるが。それも、最初に余計な情報を与えないほうがいいと思ったからだ」

ジークフリート様に問い詰められて、たじたじになるフェ様。

「あの。ジークフリート様？　神官長様のおっしゃられたことは本当です。今回は娘の称号の件で、神官長様が働きかけてくださったんです。それ以外で、隠されていることはないはずです」

「そう！　そうなんだよ！　マーク殿の言う通りなんだ」

お父さんが擁護するると、フェ様は我が意を得たりと言わんばかりに勢いづく。

「誓約魔法に関しても、サラ様に関わるすべての情報を他言することを禁じるというものだったろう？　単にサラ様を守るためだ。私にはなんの他意もない」

フェ様は胸を張り、無実を訴える。それを聞いたジークフリート様は頭を抱えた。

「こんなに重大な情報を国王陛下に伝えられないなんてっ！　あんなに心配しておいで

だというのにっ」

「確かにサラ様は重大な秘密を持っているが、なぜ陛下が心配する？」

「重大なのはそこにいるマーブル様です！」

突然のマーブル様呼びに、私はびっくりする。

「サラさんが部屋に入ってきた時、僕に加護を授けてくれた精霊様が教えてくれたんです。『彼女の姿を見ることができない』と。それが不思議だったんだが、マーブル様が姿を見せてくれて、ようやくその理由がわかった」

混乱している私の前で再度跪くと、ジークフリート様はマーブルに向かって頭を垂れる。

「お会いできて光栄です。精霊王様」

マーブルはその間も変わらず、ジークフリート様を威嚇していた。

頭を下げたまま動かないジークフリート様と、理解が追いつかず固まったままの私達。しばらく、時間だけが過ぎていく。そこに救世主が現れた。

「あなた方は何をしているんですか」

副神官長様だ！　副神官長様はお盆を片手に、呆気にとられた様子でこちらを見ている。

「おおっ！　待っていたぞ、クリスっ！　早く席に座るのだ！　サラ様達も早くこちらへっ！」

いち早く立ち直ったフェ様が、未だ跪いた状態のジークフリート様を強引に立たせると、私達に席をすすめてくれる。

副神官長様の名前はクリスというらしい。副神官長様はお茶をみんなの前に置き、席に着いた。

私達の前にジークフリート様が、左側にフェ様と副神官長様が座る。

とりあえず、当事者（？）のマーブルを私の膝の上に座らせ、ジークフリート様に詳しく話を聞くことになった。

「ジークフリート殿、確認するが、サラ様の膝にいる猫が精霊王様で間違いないのだな？」

「は？」

フェ様の問いに、副神官長様が素っ頓狂な声を上げる。

「クリス、あとで説明するから。で、どうなのかね？」

「精霊様がおっしゃることなので、間違いありません」

「サラ様は昨年その猫、いや精霊王様を保護されたのですよね？　今まで何か気になることはなかったですか？」

フェ様にそう聞かれても、まったく思いつかない私は首をかしげる。

「そういえば……」

「マーク殿は何か心当たりが？」

私とは違って、お父さんには何か心当たりがあるみたい。

「マーブルは……いえ、マーブル様……精霊王様？」

「にゃっ⁉」

マーブルをなんて呼べばいいのか、お父さんも迷っているみたい。私もマーブル様って呼ばなきゃダメかな？

「あの、精霊王様が混乱しているようなので、今まで通りの呼び名でよろしいかと」

ジークフリート様に言われ、私はほっとする。

本当はマーブルを敬うべきなんだろうけど、いまさらマーブルを家族ではなく精霊王様として見ることなんてできないもん。

「マーブルは昨年の初夏に娘が森で拾ってきたんです。その時にはすでに目も開いていて、自分の足で歩いていましたが、衰弱がひどく、ガリガリに痩せ細っていました。私達は親とはぐれたのだと思っていたのですが。それにしても変だなぁと思ったことを思い出しまして」

「変とは？」

「痩せ具合から考えると、三日以上ろくに食べることができずにさまよっていたと思うんです。ですが、マーブルを見つけた森には魔物が出没します。そんなところで、親とはぐれた子猫が三日も生きていられるのでしょうか？」

ジークフリート様は話を聞いて、こちらを痛ましげに見ている。でも、マーブルは私にじゃれついていて、ジークフリート様のほうを見ようともしない。

「それで変だと」

「はい。ただ、娘がマーブルを見つけた場所は森の端で、娘が入っても安全な場所でした。魔物も最近は森の奥深くでしか見かけなくなったので、運がよかったんだと納得していたんです」

「そうでしたか。気になることはそれだけですか？」

「あの。私も少し気になることが」

「セレナ殿も？」

お父さんに続いて、お母さんも恐る恐るといった感じで口を開く。

常に一緒にいた私だけが、まったく気になることがないなんて。

しっかりお世話してたつもりなのに、自信なくしちゃうなぁ。

「マーブルを保護してから一年程になるのですが、小さなままで成長する様子がないのです」

「「「あっ！」」」

フェ様達がそろって声を上げる。

「保護した時は本当に痩せていて、明らかに栄養失調だったので、その影響もあるのかと思って気にしないでいたのですが……」

みんながマーブルを一斉に見る。

えっ？　猫ってそんなに早く大きくなるの？

動物の子供を育てるのはマーブルが初めてだったので、知らなかった。

馬のメアリーは私が物心ついた時にはすでにあの大きさだったし……。

「その状況は、普通の猫ではありえないだろう。サラ様が保護したのなら、あの称号になるのも納得だしな。ジークフリート殿はいつ気づいたんだ？」

フェ様はうんうん頷きながら、ジークフリート様のほうを見た。

「精霊王様が僕に向かって飛び込んできた時、精霊様が慌てた様子で『精霊王様っ！』と叫んだんです。僕は普通の猫だと思っていたので、驚きました」

「先程、私に向かって知っていたのかと聞いたのはなぜだ？」

「それは……」

「話の流れからして、私がサラ様の猫が精霊王様だと知っていたのかという意味だと思うが、それにしても、陛下が心配しているとはいったいどういうことだ？　精霊王様のことを心配しているというのか？」

フェ様からの質問に、ジークフリート様は口をつぐむ。

「精霊王様は他の精霊様と違って、この世界ができてから今まで、人間に関わったことはないはずだ。我々は精霊様からのお言葉で、精霊王様の存在を知ったにすぎない。そんな謎の多い精霊王様を心配？　精霊様から、何か言われたのか？」

重ねて質問されて、ジークフリート様はついに観念したように口を開いた。

「昨年のまさに初夏の出来事です。国にいる加護持ちは全員、精霊様からあることを伝えられました。……精霊王様がいなくなったと」

フェ様はそれを聞いて目をみはる。

「そんな話、初めて聞いたぞっ！」

「精霊様達の動揺は大きく、事態を重く見た国王陛下が箝口令（かんこうれい）を敷かれたのです。精霊王様がいなくなったことで、私達にどう影響するかわかりませんでした。余計な心配をかけないため、それがわかるまでは民には知らせまいと。私達加護持ちは精霊王様がいなくなった原因を調べるよう勅命を受けています」

「しかし、私には教えてくれてもよかったじゃないか」

「フェビラル様には、その……教えると教会での仕事を放り投げて、王宮に乗り込んでくるから黙っていろと、陛下が……」

「あいつめ～！」

「自業自得ですよ。でも、よかったですね。精霊王様が見つかったのですから、精霊様達も安心でしょう」

副神官長様はフェ様をなだめると、ほっとしたように言った。

確かに、マーブルが精霊王様ならいなくなってないわけだから、問題ないもんね。

なのに、ジークフリート様は浮かないお顔だ。なんでだろう？

「……精霊王様の無事を、国王様に伝えることができたらですけどね」

ジークフリート様の言葉にみんなで首をかしげる。

「伝えればいいじゃないか」

「誓約魔法をお忘れですか？　サラさんに関わるすべての情報を話せないのですよ。精霊王様がサラさんに保護されてこれまで一緒にいたとなると、その経緯を話すことは誓約に引っかかります」

「「あっ」」

えっ？　どういうこと？　フェ様と副神官長様だけで納得しないで、教えてください！

「娘の存在を隠して説明することはできないのですか？」

お母さんはわかったのかな？　ジークフリート様に質問をしている。

「難しいですね。そもそも、僕が精霊王様とサラさんの関係を知ったことで、精霊王様の話をできなくなっている可能性があります。もし、話せたとしても、サラさんのことを語らずにうまく説明できるとは思えません。ここにいる精霊様にも僕の受けた誓約魔法の影響が及びますから、他の精霊様に伝えることもできないでしょう」

そうか。私に関わる情報の中に、マーブルの事情も含まれる可能性があるんだ。

「原因がわかれば、すべて解決できるんじゃないか？」

「えっ？」

「そう。精霊王様がいなくなったと思った原因だよ。精霊様達が精霊王様の存在に気づけば、無事解決だ。そうすれば、わざわざ国王陛下に説明しなくても、問題ないだろう？」

「問題ない……」

ジークフリート様はフェ様の言葉にびっくりしている。

「そんな簡単な問題じゃありませんよ。ジークフリートさんに何を吹き込んでるんですかっ。こらっ。ちゃんと話を聞きなさいっ！」

副神官長が叱るけど、フェ様は耳に手をやり聞こえないポーズ。自分の考えに没頭し始める。

「しかし不思議だ。精霊様は加護持ちや寵愛持ちでないと、見ることも話すこともできないはずなのに。精霊王様のことはなぜ全員見ることができるのか。それに精霊王様は私達と同じような人の姿をしているはず。なぜ猫なのだ」

「寵愛持ち？」

フェ様の言葉の中に初めて聞く言葉があったので、思わず口に出してしまう。

「サラ様はご存じないですよね。寵愛持ちというのは――」

「フェビラル様っ‼」

肝心の説明は副神官長様に遮られてしまった。聞いちゃいけなかったことなのかな？

「あなたという人は毎回毎回……」

副神官長様は般若のような形相でフェ様に詰め寄ろうとしている。

「待て、待てっ。サラ様には必要なことだと思ったんだ！」

「彼女達親子はなんの後ろ楯もない、ただの村人なんですよ！　重要機密をそんな簡単に話してどうするのですか！」

「だから、私が後見人に――」

「そういうことではなく、サラ様やご両親に余計な負担をかけるなと言っているのです！」

私の一言がきっかけで、副神官長様のお説教が始まってしまう。

どうすればいいのか、私達親子はおろおろすることしかできなかった。

「副神官長様。あの、そろそろ話に戻りたいのですが……」

お父さんが恐る恐るといった感じで割って入る。

「そうでしたね。お説教はあとにします。サラ様も申し訳ありませんが、先程の質問は忘れていただきたい」

「はいっ。こちらこそ、すみませんでした」

「いえ、なんでも話してしまう神官長が悪いのです。本当に申し訳ありません」

副神官長様は申し訳なさそうに謝ってくれたけど、気になったからといってなんでも聞いちゃダメだよね。

これ以上、人に言えないような秘密は持ちたくないもん。

お父さん達の顔色を見ると、もう手遅れじゃないかって気もするけど。

ジークフリート様はこほんと咳払いを一つして、再び話し始める。

「話をもとに戻しましょう。精霊様は加護を授けた相手にのみ姿を見せてくださいます。ですので、僕が見て、話すことができるのは加護を授けてくれた精霊様だけです。それに、精霊様には実体がないので触れることはできません。ですが、精霊王様はここにいるすべての人間が見ることができ、触ることもできる。僕の常識では考えられません。ぜひ、僕も理由が知りたいです。少しの間、精霊王様とお話しさせてもらえませんか？」

「ぎにゃっ！」

マーブルがジークフリート様に向かって嫌そうな返事をする。

ジークフリート様は少し顔を左に向けたあと、困った顔になった。

「では、僕とではなく精霊様と話していただくわけには……」

「ぎにーっ！　にゃご、にゃごっ。きしゃーっ！」

マーブルは私の膝の上でなにやら返事をしたあと、そっぽを向いてしまう。

「困ったなぁ」

「精霊王様はなんと言っているのかね？」

フェ様は先程まで副神官長様にお説教をされて不貞腐れていたのに、今はそんなことも忘れてキラキラと瞳を輝かせている。

「僕には精霊王様の言葉がわからないので、精霊様に通訳をしてもらっているのですが……なぜか嫌われてしまったみたいで、僕と話したくないそうなんです。なので、精霊様に直接話を聞いてもらおうと思ったのですが……」

「それも断られたのかね」

「はい」

私が再度マーブルを見ると、後ろ足で頭をかきながら欠伸をしている。こんな失礼な態度、ダメでしょ！

「もうっ、マーブルったら。どうしてそんな意地悪するの！　めっ！」

「にゃ⁉　にゃ、にゃ、なーんっ。にー……」

マーブルの慌てた様子に、フェ様はますますキラキラした目を向ける。

「で、精霊王様はなんと？」

フェ様に促されて、ジークフリート様が通訳してくれる。

「えーっと。『えっ⁉　だって、こいつ、嫌いなんだもん。怒らないでー……』ですね」

「ごっ、ごめんなさい」

「いいえ。サラさんは悪くないですよ。でも、なぜこんなに嫌われちゃったのかな？」

マーブルの言葉に困ったように微笑む、ジークフリート様。

うちのマーブルがすみません。

「これでは、ジークフリート殿に精霊王様から話を聞いてもらうのは難しいな」

マーブルの様子を見ると、フェ様の言う通り話す気はなさそうだ。

「マーブルのこと知りたかったのに、残念だなぁ」

思わず呟くと、マーブルが私のお腹に前足をかけ、さっきまでの態度が嘘だったかのようにご機嫌で鳴く。

「にゃっ？　にゃ、にゃにゃにゃにゃんっ。にゃん、にゃん。なぁ～ん♪」

えっ、なんて言ったんだろう？

ジークフリート様のほうを向くと、とても複雑そうなお顔でこちらを見ていた。

「『えっ？　ママ、僕のこと知りたいの？　話す、話す。なんでも話しちゃ～う♪』ですね……はぁ」

本当にすみません。ジークフリート様の心の底からのため息に、私は謝ることしかできなかった。

「では、お聞きします。昨年の初夏あたりから、精霊王様を精霊様達が見失われたのはなぜですか？」

「にゃにゃにゃにゃん。にゃにゃにゃにゃん。にっ。にゃんにゃん、にゃーん、にゃん」

「えっ？　では、今は別の存在だということですか？」

「にゃにゃにゃん‼」

「え？　そんな称号をっ⁉」

「にゃにゃ。にゃ、にゃにゃにゃにゃん。にゃん♪　にゃ、にゃにゃにゃにぎゃーっ！　にゃごにゃごにゃんっ。にゃんっ！」

「そっそうなんですか」

マーブルは最後にふんっと鼻息を吐き出し、胸をそらして自慢顔だ。

何を話してるのかな？

フェ様は待ちきれないのか、そわそわして今にも席を立ちそうだ。そんなフェ様の服の端を副神官長様ががっちりとつかみ、立ち上がれないようにしてる。

私もなんだかワクワクしてきちゃった。

ジークフリート様は続けて質問している。

「その時に出会った精霊様達は、精霊王様の存在を知っていらっしゃるわけですね」

「にゃんっ！　にゃ、にゃにゃにゃん。にゃにゃにゃ、にゃ、にぎゃーっ！」

「そういうことですか。ですが、精霊様達が心配しています。ご自身の存在を明かすことはできないのですか？」

「にゃー。にゃにゃにゃん。にゃにゃにゃにゃにゃー」

「そこをなんとかっ」

「にぎゃっ！」

マーブルはジークフリート様の言葉に一言だけ鳴くと、話は終わったというようにそっぽを向いた。

「終わったかね？」

フェ様が待ちきれずに聞く。

「終わったというか、終わらされたというか……」

「今わかっていることだけでも教えてくれたまえっ。気になって仕方がない」

「精霊王様の話に精霊様が補足してくださって、わかったことですが」

フェ様に促され、ジークフリート様が話し出した。

「精霊王様は千年の周期で、記憶を持ったまま生まれ変わるそうです。昨年はちょうどその千年目だったようですね。そうして生まれ変わった精霊王様は思ったそうです」

「何をだ？」

「『なぜ、僕だけが人と関わってはいけないのか』と」

「ふむ？」

「精霊王様は他の精霊様とは比較にならない程、強大な力をお持ちです。たった一人に加護を授けただけで、世界の均衡が崩れる可能性がある程に。なので、精霊様達は精霊王様が人と関わらないよう、細心の注意を払っていたようです」

「それが精霊王様のお気に召さなかったわけか」

フェ様がうんうんと頷くのを見ながら、ジークフリート様が再び口を開く。

「今回は生まれ変わる時期がいつもより早かったそうで、精霊様達の守りが手薄だったようですね。精霊様達の目を盗んで、今までいたところを飛び出したと。その際に、猫の姿に変わって追跡できなくしたそうです」

「子猫の姿なのは生まれ変わったばかりだからか？」

「はい。今までの記憶は持っていらっしゃいますが、生まれ変わる前とは別の存在と考えていいです。性格も毎回変わるみたいですしね。今の精霊王様は生まれたばかりの赤ん坊と同じです。それでも強大な力を持っていることには変わりないのですが」

「しかし、サラ様が保護した時はガリガリに痩せていたようだが。強大な力を持っているのであれば、飢えをしのぐことができたのでは？」

フェ様の言葉に、ジークフリート様は肩をすくめた。

「実体を持ったのが初めてだったので、食事をしなければならないことをご存じなかったみたいですね。そこまでして三日間森の中をさまよっていたのは、サラさんに会うためだったそうです」

「えっ？　私ですか？」

突然名前を呼ばれて、びっくりする。マーブルを見つけたのは偶然じゃなかったの？

「精霊王様は人と関わりたくて、今までいた場所から飛び出したのです。それから自分が好ましいと感じる気配のほうへ向かったと。その先にいたのが、サラさんだったようですね。途中、空腹のため力が出ず、なかなかあなたを見つけることができなかったようですが。そうしてあなたに会って精霊王様が最初にしたことは、あなたの周りにいる精霊様達の排除だったとか」

「「「えっ⁉」」」

まさかの言葉に私達親子は驚く。あんなに衰弱して弱々しい姿だったのに、そんなことしてたの？

「なんでも、精霊王様があなたを見つけた時には、たくさんの精霊様が集まって、誰が一番に加護を授(さず)けるか喧嘩(けんか)してたみたいですね」

ジークフリート様は少し言いにくそうに続きを話してくれた。

精霊様って喧嘩(けんか)するんだ。

「では、サラ様のあの相性度はご自身の能力の結果というわけか。しかし、多数の精霊様からの加護とは……」

フェ様はびっくりしてしまっているようだ。ジークフリート様はそれを一瞥して続ける。

「精霊様達の力は拮抗していたため、なかなか決着がつかなかったそうです。そこに精霊王様が現れ、自分が称号を授けるからと精霊様達を追い払ったと。その際に、自分の存在を他の精霊様に秘密にするように釘を刺すのも忘れなかったみたいですね」

もしかして、マーブルが自慢げに話していたのはこのことだったのかな？

「釘を刺したということは、精霊王様は今までいた場所に戻る気はないのか？」

「連れ帰られると困るから、絶対に自分の存在を明かす気はないとのことです。今回も、まさか自分の存在がばれるとは思わなかったみたいですね。精霊様にも、絶対に話すなと念押ししてました」

「しかし、あんな称号を授けたら怪しまれるに決まってるだろう」

「精霊王の母親、でしたか？　精霊王様は世俗に疎いので、まさか能力鑑定をきっかけに自分の存在がばれるとは思ってなかったみたいですね。本当はサラさんに、その、寵愛を授けるつもりだったようです。けれど保護されて、お世話をされたことで、サラさんを母親として慕うようになり、称号も寵愛ではなく母親にすると決めたそうです」

「寵愛とはまた……」

副神官長様が呆気にとられている。

「サラさんを独り占めしたかったのだとか。なので、サラさんを精霊様から常に見えないようにしていたようです」

「なんともすごいことだ。他には何かおっしゃっていたかな？」

フェ様は驚きながら、重ねてジークフリート様に問いかける。

「いえ……。僕がしつこく精霊様に存在を明かしてほしいとお願いしたことでご気分を害されたようでして、話はそこで終わってしまいました」

普段のマーブルは甘えん坊で、私のあとを常についてくる。そんなマーブルがかわいくて、何をするにもいつも一緒だった。

ずっと一緒にいるものなんだと思っていた。

でも、精霊様達はマーブルに元いた場所に戻ってほしいみたい。

マーブルと引き離されたらと考えると不安で、私は膝の上にいるマーブルを抱き締める。

マーブルは私が抱っこしたのが嬉しかったのか、「なぁん♪」とかわいらしく鳴いて顔をすり寄せてきた。

　これからいったいどうなるんだろう？

「サラ様は何かお聞きになりたいことはありますか？」

「えっ？」

　考え込んでいたので、フェ様の言葉に反応が遅れる。

　慌てて周りを見ると、みんなが心配そうにこちらを見ていた。副神官長様が優しい声音で尋ねてくれる。

「お疲れになりましたか？　神官長、少し休憩を入れられては……」

「そうだな」

　うぅ、またみんなに心配をかけちゃった。

　自分でもやれることをやろうって決めたんだから、しっかりしないと！

「いえっ。大丈夫です。聞きたいことですよね？　私、あります」

　マーブルを膝の上に戻し、姿勢を正した。

　そんな私を見たマーブルがなんでもどうぞ、とでも言うようにキラキラした瞳でこちらを見ている。でも、ごめんね？

「聞きたいのはマーブルにじゃないんだ」

「にゃっ⁉」

「精霊様に聞きたいことがあって。ジークフリート様、通訳を頼めますか？」

「僕は大丈夫ですけど、精霊王様が……」

ジークフリート様の目線を辿ると、マーブルがいじけた様子で私の膝を踏み踏みしていた。

「わわっ。ごめんね、マーブル。マーブルをのけものにしたわけじゃないんだよ？　ただ、マーブルとずっと一緒に暮らすためにはどうすればいいか、聞きたかったの」

「にゃ？」

「精霊王様は『ずっと一緒だよ？』と」

ジークフリート様がすかさず通訳をしてくれる。

私はジークフリート様に目で感謝を伝えて、マーブルに私の思いを告げた。

「私もずっとマーブルと一緒にいたいっ！　でも今のままだと、精霊様達はずっとマーブルを心配して、捜し続けるんだよ。マーブルもずっと逃げ続けなくちゃいけないし、そんなのよくないと思う。ちゃんと精霊様達に居場所を明かして安心してもらって、それで私とも一緒にいよう？」

マーブルが私達と一緒にいるために、いろいろと頑張ってくれていたことはとても嬉しい。

それだけ私達と離れたくないって思ってくれていたってことだから。

でも、私達と同じように精霊様達だってマーブルのことが大切で、今も心配してずっと捜しているんだと考えると、このままじゃいけないと思った。

「私と一緒にいること、精霊様には反対されるかもしれない。でも、わかってくれるまで私も一緒にお願いするから、マーブルも逃げないで精霊様達にお願いしよ？」

「にー……」

私の言葉に、マーブルがうなだれるように頭を下げる。こ、これはわかってくれたのかな？

「本当ですかっ！　あぁ、よかったっ。サラさん、あなたのおかげです。本当にありがとう」

ジークフリート様の表情がパァッと明るくなる。

「マーブルは納得してくれたんですか？」

「『考えてみる』と。でも、先程の頑なな態度を考えると、それだけでも大きな進歩です」

渋々答えたのがよくわかる様子ではあるけど、マーブルがやっぱり嫌だと言う前に話を進めてしまおう。

これが一番いいんだと自分を納得させて、ジークフリート様に話しかける。

「じゃあ、どうすればマーブルと一緒にいられるか、精霊様にお聞きしてもらっていいですか？」

「もちろんです」

すぐにジークフリート様は左に顔を向ける。精霊様の話を聞いてるのかな？

ジークフリート様はしばらく精霊様の話に耳を傾けたあと、深刻な顔をしてこちらに向き直った。

「どうやら簡単ではないようですね。精霊様のお話では、精霊王様がこのまま人の世で暮らすと言ったら、反対するだろう精霊様達に心当たりがあるそうです」

マーブルが精霊様達に居場所がばれるのを嫌がっていたのは、もしかしたらその精霊様達の存在があったからなのかな？

「精霊王様には、常におそばにいて身の回りのお世話をしている精霊様達がいらっしゃるとか。その精霊様達は守役と呼ばれているそうですが、彼らは精霊王様が人と関わることを決して許しはしないだろうと。……それに説得するにしても、守役様達のいらっしゃる場所が問題ですね」

「どこにいらっしゃるんですか？」

「精霊王様が元々いらっしゃった場所です。人が行くことのできない時空の狭間にいらっしゃいます」

「じくう？」

初めて聞く言葉だ。

本来なら私みたいな辺境にある村の子供が知るような話ではないのだろう。ついていくのも大変だ。

ジークフリート様が、首をひねりながら答えてくれる。

「うまく説明できる自信はないのですが、僕達の暮らす世界とは別の世界だと思っていただければいいかと思います」

……うん、よくわからないことがわかりました！

「私が説明しようか？」

首をかしげていると、それを見たフェ様が話に入ってこようと身を乗り出す。

「神官長は黙っててください」

けれどすかさず副神官長様が止めに入った。

とりあえず、人が簡単に行けない場所だということだけ覚えておこう。

「しかし、そうなると困りましたね。説得しようにも、僕達が行けない場所では、こちらから行動を起こすことは難しい」

ジークフリート様の言葉にしょんぼりしてしまう。

私達が行けない場所にいる精霊様に、どうしたら会えるのかな?

マーブルのためにも、早く解決してあげたいのに。

「にゃふーっ。にゃにゃにゃん」

「えっ。ここにですか?」

マーブルが大きなため息をついたと思ったら、なぜかジークフリート様が驚いている。

マーブルが何か言ったのかな?

「精霊王様が守役(もりやく)の精霊達をここに呼ぶことができるそうです」

「えっ! じゃあ、今すぐにでも精霊様に会えるんですか?」

「精霊王様次第ですが」

そうか! マーブルは精霊王様だもんね。

時空の狭間(はざま)にいる精霊様達を呼び出すくらい、お手の物なのだろう。

「よかったぁ。マーブル、頑張って説得しようね!」

「にゃんっ!」

時間がかかると思った問題が簡単に解決したことで、守役(もりやく)の精霊様の説得も案外簡単にできるんじゃないかと思えてきた。

マーブルに呼び出してもらうからには、私も精霊様達の説得を頑張らないと！

決意を新たにしていると、不意にお父さんに頭を撫でられる。

「お父さん？」

「マーブルの説得、一人でよく頑張ったな」

お父さんに褒められて嬉しくなる。お母さんはそんな私達を笑顔で見つめていた。

「えへへ」

「逃げるのはよくない、か。サラの言う通りだな。だが……」

「あなた……」

お父さんの表情が暗くなる。お母さんも心配そうな顔だ。

「どうしたの、お父さん？」

いつものお父さんらしくなくって、思わず尋ねる。

でも、お父さんが答える前にフェ様が話し始め、話は中断してしまった。

「精霊様をお呼びする前にしなくてはならないことがあります」

「しなくてはならないことですか？」

お父さんはフェ様の言葉に首をかしげている。さっきの様子は気になるけど、もういつもと変わらないように思えた。

気のせいだったのかな？

そんなことを思う私にかまわず、フェ様は話を続ける。

「サラ様にはお気の毒ですが、今のままでは精霊様を説得できるとは思えません」

「えっ⁉」

「にっ⁉」

フェ様のまさかの言葉にマーブルと一緒に驚くけど、私達以外は誰も驚いていなかった。あれ、みんなわかってたの？

「精霊様のことを考えた、サラ様のご提案はとても素晴らしいと思います。ただ、これから説得しなければならない精霊様達は、精霊王様でも手を焼くお相手のようだ。お願いすれば許してくれると思っていては、精霊王様は連れて帰られてしまいますよ」

「ど、どうすればいいですか？」

縋(すが)るような気持ちでフェ様を見る。マーブルも身を乗り出して、聞く気満々だ。

そんな私達に、フェ様はにっこりと笑ってくれる。

いったいどんな秘策が！

「それを今から考えるのです」

……精霊様の説得はやっぱり簡単にはいかないらしい。

「では、これより作戦会議を開きたいと思います」

がっかりする私とは反対に、フェ様はなぜかとても楽しそうだ。

「神官長は楽しそうですね」

副神官長様の言葉に、フェ様は瞳をキラキラさせた。

「楽しいとも‼　五十五年生きてきた中で、一番かもしれないっ！　こんなにたくさんの新事実を聞くことができるなんて！　神よ、感謝いたします」

フェ様は急にソファーから立ち上がったかと思うと床に跪き、両手を胸の前で組んで祈り始めた。

「感動したのはわかりましたから、今は話に集中してください」

フェ様の突然の行動に呆気にとられる私達とは対照的に、副神官長様は慣れているのか、冷静な態度でフェ様にお祈りをやめさせる。

「大事なことを聞き逃しても知りませんよ」

「それはいやだっ！」

副神官長様の言葉に、慌ててソファーに座り直すフェ様。それを見て、さすがは副神官長様だと私達は感謝するのだった。

そうして再びマーブルの話に戻った。フェ様はすぐに脱線するからと、話の進行担当は副神官長様に変更される。

「神官長が先程話した通り、やはりお願いするだけでは難しいと思います」

「マーブルがお願いしてもですか？　精霊様の話を聞くと、マーブルはすべての精霊様を従える存在なんですよね」

守役の精霊様達にお願いしさえすれば、マーブルはこのまま私達と生活できると楽観的に考えていた。けれど、みんなの意見はまったく違うようだ。

「精霊様達はこの世界の管理を神様から任せられています。ですから、この世界に影響を与えることであれば、精霊王様の願いといえども断ることができるのでしょう。そうではないですか、ジークフリートさん？」

「精霊様は、その通りだと。ただ、精霊様にとって人と関わることは大きな喜びです。守役以外の精霊様達は、その喜びを知らない精霊王様をとてもお労しく思っていたそうです。今回精霊王様がいなくなった理由が人と関わるためだと知れば、決して怒りはしないだろうと。ですが、守役の精霊様達は、これからも精霊王様がこの世界で暮らすことには納得してくださらないでしょう」

「では、なおさら精霊様達が納得してくださるような対策を考えなければなりませんね」

対策かぁ。要は、マーブルの強大な力をどうにかすればいいんでしょ？

ん？　でも、ちょっと待って。

「あのっ」

「どうされましたか？」

こちらを向いた副神官長様に、私は力強く言う。

「マーブルって、今まで精霊王様らしいことって、一つもしたことないんですけど」

「にゃっ⁉」

「思い返してみても、マーブルと会って変わったことって特になかった気がするんです。マーブルの一日はご飯を食べて、私と遊んで寝る、の繰り返しで。そんな強大な力を持った存在だなんて思いもしなかったし」

「そういえばそうね。サラはマーブルと出会う前も、教わっていない魔法を使えました。ただ無詠唱で魔法を使えるようになったのは、マーブルと出会った頃だったかもしれません。でも、変わったことといえば、そのぐらいでしょうか」

お母さんの言葉に、お父さんもうんうんと頷いている。

「確かに。俺達はマーブルが精霊王様であると気づくことができませんでした。それだけ本当の猫そのものだったんです」

「にー……」

私達はいかにマーブルが猫そのものであったかを副神官長様に訴えた。

未だにマーブルが精霊王様だという実感がまったくわかないのは、本物の猫として一年も一緒に過ごして、違和感を覚えることがなかったからだ。

マーブルが私達と一緒に暮らしてるだけで世界に影響があるなんて、とても思えない。

「あの！　みなさん、もうそのくらいで。精霊王様が大変なことに」

「「えっ？」」

ジークフリート様に言われて見ると、マーブルは顔を隠してうつ伏せになり、ぷるぷると震えていた。

大変！　どうやらよかれと思って言ったことが、マーブルのプライドを傷つけてしまったようだ。

「マーブル、ごめんね。でも、私は今のままのマーブルが好きなんだよ？」

「にゃ？」

よっぽどショックだったのだろう。顔を上げたマーブルの瞳には、今にも零れそうな程の涙がたまっていた。

罪悪感がちくりと胸を刺す。

「強大な力なんてなくていいの。マーブルは私のそばにいてくれるだけでいいの。だから、ずっと一緒にいるために頑張ろう？」

マーブルの涙をぬぐってやりながらそう言うと、マーブルは嬉しそうに私の手に顔をすり寄せてきた。

「にゃーんっ」

そんな様子を見て、私はほっと胸を撫(な)でおろす。

「しかし、それが本当ならとてもいい情報ですよ」

マーブルが落ち着いたところで、副神官長様が話を再開させる。私は思わず明るい声で聞き返した。

「本当ですか？」

すると、突然ハッとしたようにフェ様が口を開いた。

「もしや、猫の姿を維持するのに膨大な力を使っておられるのでは？」

「にっ」

「そうだと言っておられます」

ジークフリート様はマーブルの言葉を通訳する。

「やはり。サラ様の鑑定結果によると、本来の魔力に一〇〇〇の魔力が追加されていた。これは精霊王様から称号を授(さず)けられた恩恵でしょう。しかし、精霊王様から与えられた割には追加された魔力が少ない。加護持ちである君と同じくらいではないか？」

フェ様が問いかけると、ジークフリート様がそうだと頷いた。

「僕達のような加護持ちは、個人差はありますが五〇〇から八〇〇の追加魔力がありま す。そう考えると、極端に多いわけではありませんね」

「きっと、サラ様に割ける力が少ないからだろう。このくらいであれば、世界に影響し ないのでは？」

「そうですね。念のため、僕にサラさんの鑑定結果を見せてもらえませんか？」

「そのつもりで今回はご両親に鑑定書を持ってきてもらうよう、お願いしてあります。 マーク殿、よろしいですか？」

フェ様とジークフリート様のやりとりを聞いていたお父さんは頷いて、鑑定書をジー クフリート様に渡す。

ジークフリート様は受け取ったそれを見て、軽く目をみはった。

「これはすごいですっ！　ＳＳＳランクとは、もしやSSの上のランクのことですか？」

ジークフリート様の問いに、副神官長様が首を縦に振る。

「私達はそう考えています。神官長はこの相性度に関しては、サラ様ご自身の能力の結 果だと見ていますが、ジークフリートさんはどうお考えですか？」

「間違いないと思います。精霊様もサラさんの姿が隠されていた時は気づかなかったようですが、精霊様達にとって、サラさんは魅力的な存在のようですね」

精霊様のようにきれいなジークフリート様の口から魅力的と言われて、なんだか照れてしまう。

「きしゃーっ！」

私が照れたことが面白くなかったのか、再びジークフリート様……というよりも、たぶん精霊様をマーブルが威嚇し始めた。

私と出会った当初も、こうやって精霊様達を追い払っていたのかな？

「申し訳ありませんっ。ですが、精霊様の素直な気持ちですし……。ここにいらっしゃる精霊様はすでに僕に加護を授けてくださったので、サラさんに加護を授けることはありませんから、お許しください」

「にゃふんっ！」

「あの。精霊様は複数の人に加護を授けられないんですか？」

マーブルの頭を撫でて落ち着かせながら、ジークフリート様に聞いてみる。ジークフリート様は「はい」と答えてくれた。

「好意の称号は何人にでも授けることができるそうですが、加護を授けられるのはただ一人だけです。加護は精霊様にとっても特別なんですよ」

「人は複数の精霊様の加護を授かることができるのに、精霊様からは一人だけなんですか？」

「授けた相手が亡くなったあとに、別の相手に授けることはあります。ですが、同時期に複数の相手に授けることはありえません。加護持ちが少ないのはそれが理由の一つでもあるのでしょうね」

加護って私達、人にとっても特別だけど、精霊様にとっても特別なんだな。

一人にだけ称号を授けるからこそ、好意持ちよりも大きな恩寵を与えることができるのかな？

「マーブルがくれた称号はどうなんだろう？　マーブルは今、加護を別の人に授けることはできるの？」

私は加護とは別の称号をマーブルから授かったわけだから、ひょっとして加護を別の人に授けることができるのかな？

ふと気になったので、マーブルに聞いてみる。

「にゃにゃん！」

「サラさんにしか称号を与えるつもりはないとおっしゃってます。……精霊王様が称号を授けること自体が初めてのことですし、精霊様もよくわからないと」

マーブルの言い方だと他の人に授けることもできそうだけど、ジークフリート様の精霊様にも実際のところはわからないらしい。

話が脱線しそうになったところで、副神官長様が今までの話を簡潔にまとめてくれる。

「一度話をまとめましょう。精霊様達の説得材料としては、一つ、精霊王様が猫の姿の時は、サラ様に精霊王様の影響がごくわずかしかないこと。二つ、人の世にいる際は、精霊王様は猫の姿のままでいて、決して精霊王様の姿に戻らないこと。この二点を前面に押し出して交渉しましょう。ジークフリート様には、引き続き精霊様との通訳をお願いしたい」

「わかりました。精一杯頑張ります」

ジークフリート様は副神官長様の言葉に頷いてくれた。

私には精霊様の姿が見えないけど、一生懸命お願いしようっ。

「あと、これは精霊様達の説得とは直接関係ないのですが……」

さっきまでのはきはきとした態度とは打って変わって、副神官長様は言いにくそうに言葉を濁したあと、思い切ったように私達にある提案をした。

「やはり、国にも協力を要請したほうがいいと思います」

それは以前の話し合いで私達親子が反対していたことだった。だから副神官長様は、もう一度提案することにためらいがあったのだろう。

それでも提案するからには、余程の理由があるのだと思う。だけど……

「なっ⁉　国には伏せて、俺、いや私達で解決するはずでは？」

お父さんが思わずといった様子で声を荒らげる。

私も、副神官長様の提案を受け入れることはとてもできなかった。

だって、そうしたらお母さん達と引き離されちゃうかもしれないんだよ？

「最初はそう考えていました。まさか精霊王様がサラ様のそばにいるとは思いもしませんでしたから。鑑定結果だけならこちらで秘匿することもできると考えていたのです。何かあれば援助もするつもりでしたし、成人の際の二度目の能力鑑定もこの教会で行えば、秘密が漏れることはないだろうと。しかし……」

「マーブルがいると話は別ということですか？」

お父さんが厳しい目で見つめると、副神官長様は「落ち着いて聞いてくださいね」と前置きしてから、懸念していることを教えてくれた。

「先程のジークフリートさんのように、精霊王様の存在に誰かが気づいたら？　精霊王様の力を利用しようと、サラ様やご両親、知り合いに危害を加えようとする可能性もあります。そうなった時、教会の力だけであなた方を守れるとは思えない」

「そんなっ！　神官長様に後見をお願いしたとしてもですか？」

「その場合でも、です。そもそも、今回の話し合い次第では国王陛下にご報告する可能性はお話ししたはずです。これはあなた方のためでもあるのですよ」

お父さんは副神官長様の言葉にがっくりと肩を落とす。

やはり国に報告するしかないのかと思っていると、意外なことにフェ様が副神官長様を止めてくれた。

「クリス、先走りすぎだぞ。サラ様達を脅してどうする」

「わ、私は脅すつもりは」

「精霊王様の問題が解決すれば、別に国王陛下に言わなくてもいいだろう。先程もジークフリート殿にそう言ったじゃないか」

「っ！　それは、そんな簡単な問題じゃないとお伝えしたはずです！」

「簡単だろう？　折を見て私が一人の少女の後見人になったと国王陛下に伝えればいい。私のすることには国王陛下も貴族共も何も言わんさ」

「ですがっ」

「お前は最善だと思ったらそれに固執するところがあるが、人によってはそれが一番いいとは限らないことを忘れてはいけないよ」

「……はい」

そして副神官長様がこちらを向くと、「申し訳ありませんでした」と私達に深く頭を下げてくれた。

「こちらこそ取り乱してしまい、申し訳ありませんでした」

お父さんも慌(あわ)てて謝っているけれど、副神官長様は頭を上げずに首を横に振る。

「いえ。神官長の言う通り悪いのは私です。ご両親の気持ちも考えずに軽率でした」

よくできましたと言うように、フェ様は副神官長様の背中をポンポンと優しく叩く。

「副神官長が申し訳なかった。ただ、彼に悪意はなく、あなた方のためだったというのはわかっていただきたい」

「「はい」」

それに、とフェ様は大きくため息をついた。

「確かに国に頼るのも一つの手段ですが、サラ様のように貴族の血を引かない者が果たして利用されずにいられるでしょうか。私はとてもそうは思えませんからな」

フェ様の言葉に、お母さん達がなぜかぴくりと肩を動かした。

二人にどうしたのか聞く前に、副神官長様が声を上げる。

「利用するなんて！　国王陛下は聡明でお優しいお方です。人を利用するようなお方ではないと、フェビラル様が一番ご存じではないですか？」

さっきのことがあったからか、副神官長様が遠慮がちにフェ様に訴えると、ジークフリート様もそれに頷く。

「あのっ。僕も国王陛下ならサラさん達を絶対に守ってくれると思います」

「国王陛下はそのつもりでも、今の王家にそこまでの力があるかどうか」

「なんてことをっ⁉　いくらフェビラル様でも不敬ですよっ」

ジークフリート様が驚きに目を見開いて言う。けれど、フェ様は引き下がらない。

「残念だが、本当のことだ。今は王家と敵対する貴族派が力をつけている。国王陛下であっても力のある貴族派を蔑ろにすることはできない。せめて王家派の貴族に力があればな。アラディオン公爵家のことがあってから貴族派共が調子に乗りおってっ」

「「えっ？」」

お父さん達がフェ様の言葉に驚いたように口を開く。何に驚いたんだろう？

「ん？　どうされましたか？」

「あ、あの。その、アラディオン公爵家に何があったのでしょうか？」

「なぜそんなことを聞くのですか？」

まさかお父さんがそんなことを聞くとは思っていなかったのだろう、フェ様は不思議そうにお父さん達を見ていた。

私もお父さん達がなんで貴族様のことを気にするのか不思議だった。

まさかその貴族様とお父さん達が知り合いのはずがないし、どうしたんだろう？

「ただ、気になったものですから」

「ふむ？」

フェ様がお父さん達をじっと見る。お父さん達の顔色が悪いけど、大丈夫かな？

フェ様はゆっくりと口を開く。

「……アラディオン公爵家では、十数年前にちょっとした不祥事がありました。詳しく話すのは控えますが、あることないこと騒ぎ立てられ、宮廷魔術師の長であったアラディオン公爵家当主、ロドルフ殿が解任されたのです」

「「そんなっ!!」」

お父さんとお母さんが大きな声を上げた。フェ様は続ける。

「ロドルフ殿は納得なさっていたようですが、彼と対立関係にある貴族に言われるがまま解任を命じた前国王陛下に、ロドルフ殿と親しくしていた貴族達は失望したのです。その結果、ロドルフ殿を慕うすべての貴族が役職を辞し、自分達の領地に引きこもってしまいました。あれで一気に貴族派が力をつけたのです。現国王陛下は王家の威光を取り戻そうと努力されていますが、今のままだと難しいでしょう」

「そんなことがあったのですか」

ジークフリート様も初めて聞く話だったみたいで、驚いている。

なんだかすごい話を聞いてしまった。

それにロドルフって名前、どこかで聞いた気がするんだけど。どこだったかなぁ？

「ロドルフ殿は優秀で誠実な方だった。前国王陛下によく仕えてくれていたのに、本人の不祥事でもないことの責任を問うなんて、と当時の私は思ったものです。役職を辞した貴族達もとても優秀でした。彼らが今も王家に仕えてくれていたら、私もサラ様の話を国王陛下に伝えることに反対しないのですが……」

そう言って、フェ様は寂しげに微笑んだ。

なぜだかわからないけど、そのロドルフ様という人のことが気になる。フェ様がとても寂しそうな顔をしたからかな？

「神官長様はロドルフ様が今どうしておられるか、ご存じですか？」

「ロドルフ殿は領地に戻りました。おや、そういえば……サラ様は彼と顔立ちがよく似ていますね」

えっ？　そんな立派なお貴族様と私が似てるなんて、びっくりだ。

「フェビラル様は、そのロドルフ様という人にお会いしたことがあるんですか？」

ジークフリート様が尋ねる。

「ええ。私は彼の解任に反対でしたし、当時は王都の教会にいましたので、何度か兄である前国王陛下に直談判に行っていたのですよ。その際に一度だけですが、お会いしたことがあります。ロドルフ殿は私に、『前国王陛下を責めないでほしい』とおっしゃいました。私と前国王陛下の関係が悪くなるのを心配されたのでしょう。本当に公明正大なお方でした」

フェ様は遠い目をしながら当時のことを話してくれた。

自分が大変な目にあっているというのに、フェ様を気遣うことができるなんて、本当にすごい人だったんだろうな。

「この不祥事のすぐあとに、ロドルフ殿は一人娘を亡くされています。今ではアラディオン公爵家の血を引くのはロドルフ殿お一人になってしまいました。彼を最後に、アラディオン公爵家は断絶するでしょう」

まさか娘さんが亡くなっていたなんて！

ロドルフ様がたった一人で暮らしている姿を想像すると、自分のことのように悲しく感じる。

自分に似ていると言われたからかな？　なんだか他人事のような気がしないよ。

それにしても、公爵様が仕事を辞めさせられるなんて、いったい何が原因だったのかな？

「あの、不祥事って何があったんですか？」

「それは……」

思い切って聞いてみたのに、フェ様は困ったように眉を寄せるだけで教えてくれない。

そんな思わせぶりなことをされたら、もっと気になっちゃうよ！

もう一度聞こうと口を開いたところで、「少し休憩にさせてください！」とお父さんに強引に話を打ち切られてしまった。

「どうしました？」

「妻が疲れたようなので、すみませんが……」

お父さんの言葉を聞いてお母さんを見ると、確かに顔色が悪い。今にも倒れてしまいそう。

「お母さん、大丈夫っ⁉」

「これはいけないっ。別室で少し横になるといい。今日はここに泊まっていただく予定ですから、話の続きはセレナ殿が落ち着いたあとにいたしましょう」

フェ様の一声で、一旦泊まらせてもらう部屋に移動することになった。

マーブルを抱きかかえ、三人でフェ様とジークフリート様に頭を下げる。

副神官長様の案内で部屋を出ようとしたところで、ふとフェ様が口を開いた。

「そういえば、セレスティナ殿にお聞きしたいことが」

「なんでしょう？　……あっ！」

ん？　セレスティナって誰のこと？　なぜお母さんがフェ様の問いかけに答えるの？

不思議に思って見上げると、お母さんは全身を震わせ、フェ様の視線から逃れるように顔を背けていた。

そんなお母さんを隠すように、お父さんは無言で前に出る。

何が起こったのかよくわからなくって、私はお母さん達とフェ様を交互に見ることしかできなかった。

副神官長様とジークフリート様も私と同じで戸惑っているのか、一言も話さずフェ様とお母さん達を見ている。

「やはりそうでしたか。生きておられたのですね。アラディオン公爵令嬢」

公爵令嬢……ってどういうこと？

フェ様の突然の言葉に理解が追いつかず、呆然としてしまう。

「ちが、違いますっ！　私はっ」

「おお、そうでした。結婚されたのですから、夫人とお呼びしなくてはなりませんな」

「いえっ。違いますっ。違うのですっ」

お母さんは否定しているにもかかわらず、フェ様は確信があるのか聞く耳を持たない。

「もし、セレナがアラディオン公爵令嬢であったのならば、どうされるおつもりですか？」

お父さんが挑むような目でフェ様を見ている。

フェ様の言うことは本当なの？　お母さんが、ロドルフ様の死んだ娘さんってこと？

みんなでフェ様の次の言葉を固唾をのんで見守っている。

「不快にさせてしまいましたら申し訳ない。ただ、どうしてもセレスティナ殿の素性を確認する必要があったのです。ですが、ロドルフ殿を心配するお姿を見れば確認するまでもないことでしたな」

「っ！　……俺達はただの村人だ。そんな雲の上の人のことなど知らない。まして心配などするはずがない」

お父さんはお母さんを庇うようにして、大きな声を上げる。するとフェ様は真剣な顔で言った。

「ロドルフ殿の置かれている状況を好転させることができるとしても？」

「そ、それは本当ですか？」

それまでお父さんの後ろで、黙って隠れていたお母さんが口を開く。

「セレナっ！」

お母さんはお父さんの呼びかけには答えず、真っ直ぐにフェ様を見つめている。フェ様は静かに頷いた。

「誓約魔法を使って、ご自身の無実を証明するのです。私が誓約魔法を使いますから、不正など決して起こりませんよ。現国王陛下もロドルフ殿の解雇には反対の立場でしたから、あの不祥事（ふしょうじ）がまったくのでたらめだったとわかれば、喜んでロドルフ殿を宮廷魔術師の職に呼び戻すことでしょう」

「証明できたとしても、それだけでは解任に賛成した貴族達が納得するとは思えません」

不安そうなお母さんに、フェ様は胸を張って言う。

「そこで、重要になるのがサラ様の存在です。サラ様の能力を公表すれば、誰も文句は言いますまい。これだけの力をお持ちなのだ。どれだけ馬鹿な貴族でも、ロドルフ殿の後継者として受け入れざるをえないでしょう。そしてサラ様が相応の地位につかれたなら、誰もロドルフ殿に手出しできません」

「まさかっ！　父のためにサラの能力や、マーブルの存在を公表しろとおっしゃるのですか？」

お母さんはフェ様を睨みつける。フェ様は小さく首を横に振った。

「すべてを公表する必要はないのです。精霊王様のことは国王陛下とロドルフ殿だけに伝えて、サラ様ご自身の能力だけを公表すればいい。それだけでも十分に貴族派の連中を黙らせることができる」

「先程は貴族に利用される危険性があるとおっしゃっていたではありませんかっ」

「それはサラ様がなんの後ろ楯もない、平民の少女だと思っていたからです。しかし公爵家の直系となれば話は別だ。それにロドルフ殿が国政に戻れば、彼を慕う貴族達も必ず戻ってくるはずです。彼らが戻ってくれれば、貴族派の連中共からサラ様を守ってくれるでしょう。それに、王家にはアラディオン公爵家に何もしてやれなかったという負い目がある。全力でサラ様をサポートしますよ」

つまりフェ様の話をまとめると、お母さんが無実の罪を着せられて、そのせいでお祖父様は仕事を辞めさせられたってこと？

お母さんの過去にそんな大変なことがあったなんて、まったく知らなかった。

それに、お母さんが実は貴族様だったなんて！

でも、今はそんなことよりももっと考えることがある。

私の存在を公表すれば、お祖父様は辞めさせられた仕事に再びつくことができると

フェ様は言っていた。だったら、私がとる行動は一つしかないはず。

「だとしても、サラが幸せになれるとはとても思えません。……今の話は聞かなかった

ことに――」

「私なら平気だよ。すごくいい話なのになんでダメなの？」

「サラっ⁉」

だって、私の存在を公表するだけで、お母さんもお祖父様も幸せになれるってことで

しょう？

マーブルの件も考えると、強力な後ろ楯ができることはとても魅力的に思えた。

でもお母さん達の意見は違うみたい。今まで見たことのないような怖い顔をしていて、

私にこれ以上の発言を許すつもりはないようだ。

「……少し三人で話をする時間をください」

そんなお父さんの一言で私達は別室に案内され、三人だけで話し合うことになった。

部屋に入ってしばらくは誰もしゃべらなかった。

いつもと違った険しい顔の二人に話しかける勇気がなかった私は、二人が話し出すまでただ待つことしかできない。

「……私の過去を知る人がいないところまで逃げきれたと思っていたのに、まさかこんなところでばれてしまうなんてね。運命というのはなんて皮肉なのかしら」

最初に口を開いたのはお母さんだった。

誰に聞かせるわけでもなくそう呟くと、お母さんの体がぐらりと揺れる。

「お母さん！」

「セレナ！」

倒れこむ寸前のところで、お父さんがお母さんの体を支えてソファーに座らせた。

「セレナ、ソファーで少し横になろう」

「いえ、大丈夫。サラに話すのが先よ」

「だが……」

「サラ、こちらにいらっしゃい」

お母さんの顔色は今や真っ青を通り越して真っ白だった。

それでも、お母さんははっきりとした声で私に言った。

「……先程の神官長様の提案は断ります」

「どうして!? お祖父様に会いたくないの？」

さっきの様子から覚悟していたこととはいえ、お母さんがこんなに頑なに反対するとは思わなかった。

「それ以上にあなたのほうが大事なの。わかってちょうだい」

「で、でも！ 神官長様はお祖父様に味方する貴族もいるって言ってたよ。それに私の能力を公表すればお祖父様はまた宮廷魔術師として働けるんでしょう？」

「そうしてアラディオン公爵家の地位が向上したら、また同じことが繰り返されるでしょうね。あの男は公爵家を手に入れるために卑劣な手を使って私の名誉を貶め、彼と結婚せざるをえない状況を作り出した。……あなたにも同じことが起こらないとは限らないのよ」

納得できなくて言い募る私に、お母さんはどうして反対なのか話してくれた。

さっきフェ様が言っていた、お母さんの無実の証明というのが、この話に関係していることはさすがに私にもわかっていた。

でも、あの男っていったい誰だろう。家を手に入れたいからって、なぜお母さんの名誉を貶める必要があるのかもわからない。

首をかしげる私に、お母さんは辛い過去を打ち明けてくれる。

「私のように一人娘で家の爵位が高ければ、早いうちから親の決めた婚約者がいるものなの。だけどお父様は、亡くなったお母様に似て病弱だった私の体を治そうと必死で、婚約者を決めるのは二の次になっていたわ。社交界に出る年になっても婚約者のいなかった私は、家督の継げない独身の貴族男性にとっては最高の結婚相手だった。それは私を貶めた彼にとっても同じこと。彼は子爵家の次男だったの。彼は数多くいる求婚者の中から自分が選ばれる可能性は低いとわかっていた。だから、彼はとんでもない計画を立てたの」

その計画とはいったいどんなものか、私にはまったく想像がつかなかったけど、それが不祥事と関わっているのだろう。お母さんは遠い過去を思い出すように、さらに続けた。

「まず彼がしたことは、私が乗った馬車を襲撃させることだった。そうしておいて、自分で私を助け出す計画だったようなの。でも幸運なことに、あの男が来る前に、私は当時冒険者だったマークによって助け出されたわ。計画が失敗すると、彼は私が複数の男性とお付き合いしているとか、金遣いの荒い女だとか、他にもいろいろとひどい嘘を社交界に流したの。私が噂に気づいた時には、同年代の貴族の間にそれがあたかも真実であるかのように広まっていたわ。お父様に心配をかけたくなかった私は一人で噂を否定して回ったのだけれど、誰も信じてくれなくて、私は次第に社交界で孤立することに……」

いた。

「ひどいっ」

まだ話が終わっていないのはわかっていたけれど、あまりの仕打ちに思わず声が出ていた。

「そんな時に、あの男に話しかけられたの。彼と話すのはそれが初めてだったわ。そこで彼は言ったの。『僕の流した噂はお気に召しましたか?』って。どういうことかと詰め寄った私に、彼はそれは楽しそうに自分の計画を教えてくれたわ。彼は襲撃事件で私の信用を得たあと、噂で弱った私を慰めて婚約者の座におさまるつもりだったの。もし計画が成功していたら、彼を疑いもせずに感謝しただろうと思うとぞっとしたわ」

お母さんはその時のことを思い出したのか、自分の体をかき抱いた。よく見ると、お母さんの全身は小刻みに震えている。

「最初の計画に失敗した彼は、次に私の悪い噂を流すことにした。そうすればライバルが減って、誰にも相手にされなくなった私は彼と結婚するしかなくなると気づいたのよ。事実そうなったわ。私がすべてをお父様に打ち明けた時にはもう遅かった。お父様が私のために手を尽くせば尽くす程、娘かわいさに真実をもみ消そうとする愚かな親とみなされたわ。私のせいでアラディオン公爵家の名は地に落ちてしまった。……これが神官長様のおっしゃっていた不祥事のすべてよ」

お祖父様はお母さんを修道院に入れたことにして、密かにお父さんとお母さんを王都から逃がしたそうだ。

お祖父様を一人残して自分だけ逃げることはできないと言うお母さんに、自分一人ならなんとでもなるからと告げ、お父さんにはどうか娘を頼むと頭を下げたらしい。

お互いのことを密かに思い合っていた二人が、身分差ゆえに気持ちを諦めていたのをお祖父様は見抜いていたのだ。

「神官長様は誓約魔法を使えば身の潔白を証明できるとおっしゃっていたけれど、そんな簡単な話なら、とっくにお父様はお試しになっていたと思うの。サラが私と同じ目にあわないと、どうして言えるの？　噂の力はバカにできないわ。現に、私は修道院に入ったことになっていたはずなのに、死んだと思われていたのよ。これも噂のせいだと思うわ。何があってそうなったかもわからない以上、あなたのためにも、マーブルのためにも今のままが一番いいの」

お母さんは、決意のこもった目で私を見つめる。

二人が私のことを本当に大切に思ってくれて、私のことを一番に考えてくれているのはわかった。でも……

「私……ちょっと探検してくる！」

素直に頷くことができなかった。少し冷静になりたくて、ずっと大人しく私達の会話を聞いていたマーブルを連れて、部屋を出ようと扉に向かう。

「サラっ！　待ちなさいっ」

「セレナ、いいから。少し一人にさせてあげなさい」

お母さんは驚いて止めようとしたけれど、お父さんはそんなお母さんを制してくれた。そして私に言う。

「サラ、あまり遠くに行ってはダメだぞ。神官様に止められたら、素直にここに戻ってくること。わかったな？」

「……うん」

部屋を出て、どこか一人で考えられる場所はないかと探す。

神官様に止められるかもとドキドキしたけど、誰にも会うことなく中庭に出ることができた。

そこにあったベンチに、マーブルを抱っこしたまま座る。

「ふぅ」

ベンチに座ってすぐ、大きなため息が出る。

「にゃ？」

　すると、マーブルが顔を上げてこちらを見た。

「ねえ、マーブル。フェ様の言う通りに公爵家の直系として名乗り出るか、それとも今のままククル村で平穏に暮らすか、どっちがいいと思う？」

「に？」

「……本当はね。お母さん達の言う通り、ククル村で暮らすことが私にとって一番いいことだってわかってるの」

「にゃ？」

「ククル村って辺境にあるから、外から村に来るのって、旅商人のムートさんぐらいでしょ？　村にいればマーブルの存在がばれるようなことも、そうそうないと思うんだ」

「にゃっ」

「公爵家の直系だって公表したら、王都で暮らすことになるでしょ？　そしたら、ジークフリート様以外の加護持ちの方にも会う機会があるかもしれないし、その場合、秘密を知る人がどんどん増えちゃうよね。それに……」

「にゃ？」

「お母さん達が心配した通りになったら、絶対お母さん達は自分を責めるよね？　それは絶対に嫌っ！」

「にゃん！」

私が話す度にマーブルは律儀に相槌を打ってくれる。

マーブルに話すことで頭の中が整理できて、自分の中のモヤモヤが消えていくようだ。

そうだ。私は別に自分やマーブルの存在を公表したいわけでも、お母さん達を悲しませたいわけでもない。私は……

「お母さんの潔白を証明して、お母さんをいじめた人にみんなの前で謝ってほしい。お祖父様と堂々と会えるようにしてあげたい。それで、マーブルと一緒にいることを精霊様達に認めてもらって、みんなで仲よく暮らしたい！　……でも、無理なのかなぁ？」

「にゃん！　にゃにゃにゃにゃ。にゃにゃんっ。にゃんにゃんにゃん！　にゃにゃにゃっ」

「どうしたのマーブル？」

うなだれる私に、マーブルが訴えるように鳴き始めるけど、私にはマーブルが何を言っているのかわからない。

困り果てていたところを救ってくれたのは、ジークフリート様だった。

「サラさん？　どうかしたんですか？」

「ジークフリート様⁉　どうしてここに？」

「僕は少し息抜きをしにここへ。精霊様も室内にいるより外にいるほうが好きなんです」

私一人で座っているのも申し訳ないので、隣に座ってもらう。

もちろん暴れるマーブルは私がしっかり抱っこしておく。落ち着いたところで、気になったことを質問してみた。

「精霊様とはいつも一緒なんですか？」

「常にではないですが、基本はそうですね」

「仲よしなんですね。私とマーブルみたい！」

「にゃん♪」

「クスッ。そうですね」

私達の言葉にジークフリート様が笑う。

なんで笑われたのかよくわからなくて、首をかしげていると、私の様子に気づいたジークフリート様が謝ってくれた。

「ああ、すみません。二人の仲のよさが微笑ましくって、つい。それはともかく……どうやらお困りのようでしたが、何かありましたか？」

「あっ！　そうだった。マーブルが何か私に話したいみたいなんですけど、私にはわからなくって」

「精霊王様が？」

「はいっ。ジークフリート様、マーブルの話を聞いてもらってもいいですか？」

そうお願いすると、ジークフリート様は「僕でよければ」と引き受けてくれた。

「マーブル、ジークフリート様にさっき話したこと、もう一度話してくれる？」

「にゃん！　にゃにゃにゃにゃ。にゃにゃにゃんっ。にゃんにゃんにゃん！　にゃにゃにゃにゃっ」

「えっ？　精霊王様、いったい何をなさるおつもりですか」

ジークフリート様がなぜか慌てたように、マーブルに問いかけている。マーブルったら何を話したのかな？

「精霊王様が言うには、『みんなのことは気にしないで。自分の好きなようにしたらいいよっ。悪いヤツのことは僕に任せて！　うんと懲らしめてやるんだっ』だそうです」

「にゃんにゃにゃにゃ、にゃにゃにゃん。にゃにゃにゃにゃにゃにゃご。にゃんにゃんにゃにゃにゃにゃんにゃん？」

「『お祖父さんに会いたければ会いに行けばいいし、セレナの身の潔白を証明したいならすればいい。でも、嫌なことは何一つしなくていいんだよ？』」

「でも、好き勝手したら周りに迷惑がかかっちゃうよ？」

私が少ししょんぼりして言うと、マーブルは鳴き声を大きくする。

「にゃんにゃんっ！　にゃにゃにゃ！　にゃんにゃんにゃん」

「……本当にその通りですね。僕は大人として恥ずかしいです。僕も皆さんの力になりたい」

ジークフリート様は感銘を受けたように頷いているけれど、マーブルはいったい何を言ったのやら。

「マーブルはなんて言ったんですか？」

会話がまったくわからないのがもどかしい。私もマーブルの言葉がわかればいいのに！

「『大人に遠慮することなんてない』と。サラさんは何も悪いことをしていないのに、なぜ遠慮しないといけないのかわからないそうです。こんな時こそ僕の力を使えばいいとおっしゃっています」

「マーブル……ありがとう」

マーブルの気持ちが嬉しくって、その思いが伝わるようにマーブルの頭を優しく撫(な)でる。

ジークフリート様はそんな私達を優しく見つめたあと、さらに言葉を重ねた。

「サラさんの言っていることは我儘(わがまま)ではありませんよ。十歳の少女に、今までの生活をすべて捨てさせようとする僕達が間違っているんです。あなたは僕の願いに応(こた)えて、

精霊王様を説得してくれた。今度は僕があなたを助ける番です」

ジークフリート様の言葉に、マーブルの時には我慢できた涙が零れてしまう。

私の涙が止まるまで、マーブルとジークフリート様は静かに待っていてくれた。

「ところで、僕はその十数年前の事件についてまったく知らないんですが、結局どういった事件だったんですか？」

私が落ち着くと、ジークフリート様が聞いてくる。

自分のことではないので、勝手に話していいものか悩んだけど、協力してもらうために話すことにした。

あまり詳しくは話さなかったけど、それでも十分にひどい話ではあるので、ジークフリート様も一緒になって怒ってくれる。

「ひどい男もいたもんですねっ。サラさんがその男を許せない気持ち、よくわかります」

「お母さんは私のために、このままでいいって言うんです。でも、お母さんをいじめた人が、なんの罰も受けずに幸せに暮らしてるんだと思うと悔しくって」

「その男の名前はわかりますか？」

「ううん。お母さんは教えてくれなかったから。でも、子爵家の次男だって言ってました」

「次男ですと家は継げませんから、婿入りしている可能性もあります。そうなると、特定するのは難しいですね」

「ジークフリート様は――」

「僕のことは気軽にジークとお呼びください」

突然、ジークフリート様が愛称を教えてくれる。

えっと、ジークフリート様は貴族なのに、本当に呼んでいいのかな？

「ジーク様？」

「ただのジークとお呼びください」

じっと見つめられると、なんだか胸がドキドキする。

どうしてだろう？　こんなにきれいな男の人に見つめられることなんてなかったからかな？

不思議に思っていたら、マーブルに猫パンチをされる。いけないっ！　話の途中だった。

「じゃ、じゃあ、私のこともサラって呼んでください！　私だけ呼び捨てになんてできないです」

「わかりました」

ジークはすぐに了解してくれた。気を取り直して、先程の話の続きをする。

「ジ、ジークは今まで噂を聞いたことはなかったんですか？」

「そうですね。さすがに十数年前のことだと、話題に上ることもありませんでした。フェビラル様であればその男の名前をご存じかもしれませんが」

「神官長様が……」

お母さん達は絶対教えてくれないだろうし、フェ様に聞くしかないのかな？

そう考えている間にも、ジークは続ける。

「フェビラル様には僕がそれとなく聞いてみましょう。それより、先程精霊王様が悪者に関しては任せてとおっしゃっていましたが、何をされるおつもりなんですか？」

そういえばそんなこと言ってた。思わずマーブルを見ると、マーブルは待ってましたと言わんばかりに髭をピクピクさせて胸をそらす。

「にゃんにゃんにゃん！　にゃごにゃごにゃん！」

「そ、そんなことが可能なんですか？」

「にゃふんっ！」

ジークとマーブルが楽しそうに会話しているのを見ると、私だけのけものにされたみたいでちょっと寂しい。

やっぱり私にマーブルの言葉がわからないのはおかしいと思う。

私のマーブルなのに！

「あのっ。マーブルはなんて？」

「あっ。すみません。精霊王様が命じれば、その男が魔法を使う際、精霊様の協力を一切得られなくすることが可能なんだそうです。僕達はほとんどの魔法を精霊様の協力のもと使っているわけですから、ごく初歩的な魔法以外は使えなくなりますね。その初歩的な魔法にしても、精霊様が干渉すれば、使えなくさせることもできるそうですよ」

「すごいっ！　マーブル、そんなことができるの？」

「にゃふんっ！」

マーブルのまさかの力に驚く。精霊様にお願いできるなんて、マーブルはやっぱり精霊王様なんだなぁ。あれ？　でもそれって……

「魔法が使えなくなるなんて、大変なことですよね？」

「そうですね。この国は精霊様を崇拝していますから、精霊様に嫌われたとわかれば、とても辛い人生になりますね」

私の質問に、ジークはとてもいい笑顔で答えてくれた。

「この件に関しては、守役の精霊様の問題が片付くまで保留ですね。今のままでは、精霊王様も十全に力が出せないですし」

「にゃん！」

「そ、そうですよね！」

結論を保留にできて少しほっとした。ジークの笑顔がちょっぴり怖かったのは内緒だ。

あっと思い出して、ジークのほうに向き直る。

「あと、お母さんとお祖父様を会わせてあげたいです。神官長様はお母さんが死んだことになってるって言ってたけど、生きてるってわかればお祖父様もきっとお母さんに会いたがると思うんですけど……」

「そうですね。ただ、どうしてセレナ様が亡くなったことになっているのか気になります。セレナ様の話では、修道院に入ったことにする予定だったんですよね？」

「はい。もしかしたらお母さん達が王都を出たあと、何かあったんじゃないかって思うんです。それで、お祖父様はお母さんが亡くなったって信じているのかもしれない」

「あるいはセレナ様が亡くなったと公表せざるをえない何かがあったか、ですね」

「お祖父様と連絡がとれればいいんですけど……。私がお手紙を書いても、どこに送ればいいかわからないし、届けられたとしても、誰かわからない子からの手紙なんて受け取ってくれないですよね？」

「そうですね。差出人が不明の場合、当主に届ける前に使用人が中を検めると思います。公爵家の使用人がどれだけ真実を知っているのかわからない以上、危険なことはしないほうがいい」

お祖父様の件は、前途多難なようだ。

「僕につてがあればいいのですが、加護持ちとはいえ、さすがに公爵ご本人にいきなり面会をお願いするのは難しいです。すみません、お役に立てなくて」

ジークは申し訳なさそうに言うけど、もともとジークにはなんの関係もない話なのだ。

一緒に考えてくれるだけでも、とてもありがたい。

「ううん。一緒に考えてくれて、ありがとうございます。でも、そうするとお母さんのことをお祖父様に伝えるのは難しいかなぁ」

お母さん達やフェ様の協力が得られない以上、私の力だけでは限界がある。

がっかりしていると、ジークが少し言いづらそうに提案してくれた。

「……すごく気の長い、しかも困難な道のりになりますが、サラ自身の力でアラディオン公爵に会える機会があります」

「ど、どうすればいいんですか？」

少しでも可能性があるのならなんでもしたくて、私はジークに聞く。

「王立魔法学校に入学するんです」

王立魔法学校……アミーちゃんが行きたいって言ってた学校のことだ！　でも、なんで学校？

「年に一度、各学年の成績優秀者を国王陛下が王宮に招いて、貴族との交流会を開きます。それは国王陛下主催のパーティーなので、貴族は余程のことがない限り出席するでしょう。ですから……」

「そこでならお祖父様に会えますかっ？」

「アラディオン公爵は確実に招待されるかと。ただ、現在はご領地に引きこもっているとのことですから、欠席される可能性もあります。とはいえ国王陛下主催のパーティーを毎年欠席することは許されません。サラが在学中に何回かは出席されるでしょう」

ジークの言葉に希望の光が見えた気がした。

「私、王立魔法学校に入ります！」

思わずベンチから立ち上がり、ジークに宣言する。

でも、ジークは浮かない顔だ。何か問題でもあるのかな？

「本当に困難な道のりですよ？　アラディオン公爵がいつ交流会に出席されるかわからないのだから、会えるまで毎年成績優秀者に選ばれなければならないですし、もし会えたとしても、公(おおやけ)の場で平民から貴族に声をかけることはできません。それに、ご両親と離れて生活できますか？」

「それは……」

ジークの問いかけに言葉が詰まる。今まで、お父さん達と離れて暮らしたことのない私に、そんな生活ができるだろうか？

そもそも入学できるかもわからないし、お祖父様に会うためには相当な努力が必要そうだ。

会えたとしても、お祖父様が私に気づいてくれなければ、すべての努力は水の泡となってしまう。

でも、だけど……！

「私、頑張りますっ。どうすれば王立魔法学校に入れますか？」

「本気なんですね？」

「はいっ！」

ジークに念押しされるけど、今度は言葉に詰まることなく答えることができた。

お母さんとお祖父様を会わせてあげたい。私はその思いで、頑張ってみることにした。

そんな私にジークはいくつかの助言をしてくれた。

まず、お母さん達の言う通りフェ様の提案は断る。

そして、お父さん達やフェ様に王立魔法学校に入りたいと伝える。

もちろん反対されるといけないから、本当の目的はお母さん達には秘密だ。

表向きの理由は、マーブルとこれからも一緒にいるため、魔法や精霊様についての勉強がしたい、ということにする。

お祖父様に会えるかどうかもわからないしね。

きっとお母さん達には反対されるだろうけど、能力鑑定でいろいろな力を持っているとわかった以上、それについてきちんと学ぶべきだと思うと説得するのだ。

そのためにも、まずは守役の精霊様達を説得してマーブルの問題を解決する必要がある。それから、入学する際、私の称号がばれないように何か手を打たないといけない。

これについては、フェ様に協力してもらうのがいいとジークが教えてくれた。

なんでも、フェ様は王立魔法学校の校長先生と知り合いなんだって。だから、フェ様にお願いするのが一番なんだそうだ。

フェ様の提案を断る手前、ちょっとお願いしづらい。

でも、マーブルと一緒にいるために勉強がしたいと言えば、みんな反対することはないだろうとジークに言われて、ダメもとでお願いすることにする。

「ありがとうございました！　私、今からお父さん達に話してきますっ」

「僕はただ、話を聞いただけで何も。本当はもっと力になれればいいんですが。すみません」

ジークは自分が役に立っていないと言うけど、そんなことないのに。

「ジークのおかげで、私は自分の思いを諦めずにすみました。お母さん達に反対されて、もうどうしようもないのかなって思ってたところだったの。だから一緒に考えてくれて、しかもお祖父様と会える方法も教えてくれて、すごく感謝しています。本当にありがとうございました」

ジークに深々と頭を下げる。ジークはとても驚いた顔をしていたけど、私と目が合うとくすぐったそうに笑った。私の感謝の思いが少しは伝わってるといいな。

「僕も一緒に行って説得を手伝ってあげたいけど、ご両親が驚くといけないからやめておきます。うまくいくよう祈っていますね」

「はい！　頑張ってきます！」

私はジークと別れて、お父さん達のいる部屋に戻ることにした。

「お父さん、お母さん、ただいまー」

ノックなしで扉を開けると、お父さん達はなぜか椅子に座っておらず、扉の近くでうろうろと歩き回っていた。

「サラっ。なかなか帰ってこないから、心配したのよ？」

お母さんが慌てた様子で私の前に来ると、ぎゅっと抱き締めてくれる。思ったよりも長い間中庭で過ごしていたようだ。

「ごめんなさい。そんなに時間が経っていたなんて気づかなくって。でも、そのおかげでね、私、お母さん達の言う通りにするって決めたの」

「それは本当なの？」

私の言葉に驚くお母さん。お父さんも意外そうな顔をしている。

ここからが正念場だ。二人に怪しまれないよう、なんとしても説得しなくては。

「マーブルのこともあるし、お母さん達の言う通り、危険なことはしないほうがいいかなって。今はマーブルのことに集中するべきだと思ったの」

「それでいいのよ。お父様は優しい方だから、わかってくださるわ」

お母さんはほっとした顔をして、私の頭を撫でながら話す。

そのぬくもりを感じながら、意を決して口を開いた。

「そ、それでね。考えたんだけど、王立魔法学校に入学しようかなって」

「「えっ？」」

突然すぎたのか、お父さん達が呆然とした顔で聞き返してくる。

あれ？　話の切り出し方間違えちゃった？

「ほらっ。私ってお母さんから教えてもらったもの以外は、独学で魔法を使ってたでしょう？　だから、ちゃんとした学校で魔法を勉強したほうがいいんじゃないかと思って。守役の精霊様にもそのほうが安心してもらえると思うの！　それにそれに、アミーちゃんも入学するって言ってたから心強いし」

お父さん達はあんぐりと口を開けたまま、固まっている。

どうすればいいのかわからなくって、自然な態度でと思えば思う程早口になってしまう。

お父さん達も何か反応してー！

先に我に返ったのはお母さんだった。

「私達と離れて生活するのよ？　それに、王都に行ったら秘密が漏れる可能性が高くなるわ。絶対ダメよ」

お母さんには予想通り反対されてしまう。でも、ここで負けちゃダメだ！

「入学前に精霊様達の説得をすませるから！　マーブルの力には頼らないし、一人でも頑張るから。お願いっ！」

両手を胸の前で組んでお願いする。これで断られたら、本当に諦めるしかない。

私は二人が根負けするまで、必死に頼み続けた。

「セレナ、サラがここまで言ってるんだ。心配なのはわかるが、許してやろう？」

「あなたっ⁉」

最初に許してくれたのはお父さんだった。

「お父さん、ありがとうっ！」

お母さんが信じられないというように驚くのを尻目に、これ幸いとお父さんに抱きついて、お礼を言う。

「確かに危険は伴（ともな）うが、あれもダメこれもダメでは、サラもかわいそうだ。それに、魔法を勉強するのは、サラの今後にとってもいいことだしな」

「確かに、ククル村に魔法学校はありませんけど……」

お父さんの言葉に悩むお母さん。でも、しばらく葛藤（かっとう）したあと、一つため息をついて許してくれた。

「……わかりました。でも、少しでも危険を感じたら、無理しないですぐに帰ってくるのよ？」

「お母さんもありがとう！」

説得の末、ついに二人からお許しの言葉をもらうことができた。

ただし、と優しい声音でお父さんが付け足す。

「俺達のような平民が王立魔法学校に入るためには、教会から発行される入学許可証を手に入れる必要がある。サラもきちんと神官長様にお願いするんだぞ」

「うんっ」

「もし、神官長様から許可証がもらえなかった場合はすっぱり諦(あきら)めること。わかったな？」

「はいっ！」

今後の方針が決まったところで、私達はフェ様のもとに向かうことになった。

部屋にあった呼び鈴を鳴らすと、しばらくして神官様がやってきて私達をフェ様の部屋へ連れていってくれた。

フェ様の部屋には副神官長様だけでなくすでにジークもいて、心配そうにこちらを見ていた。それに気づいて、私はこっそりとピースサインをする。

それだけでわかってくれたのか、ジークはほっとしたように微笑んで頷いてくれた。

「体調は大丈夫ですか？」

席に着いてすぐに、フェ様がお母さんに尋ねる。

さっきのことがあったからか、お母さんは少し顔をこわばらせながらもなんとか答える。

「休ませていただきましたので、もう大丈夫です」

「それはよかった」

逆にフェ様はまったく変わらない様子でそう言うと、笑ってお茶をすすめてくれる。

お茶を一口飲むと、ひどくのどが渇いていたことに気づいた。

それはお母さん達も同じだったようで、三人でお茶を一気に半分程飲んで一息つく。

フェ様達はその間、急かすことなく待っていてくれた。

私達がカップを机に置いたのを確認して、フェ様が話を切り出した。

「さて、結論は出たと思っていいのでしょうか？」

「はい」

フェ様の言葉に、お父さんが代表して答えてくれる。

「私達はサラの存在を公表するつもりはありません。当初の予定通り、この教会でサラのことを守っていただきたいのです」

お父さんがフェ様にこちらの要望を伝える。フェ様は納得してくれるかな？

「わかりました。ではその方向で調整しましょう」

「ふぇっ？」

あまりにもあっさりとフェ様が納得したので、思わず変な声が出ちゃった。

絶対に何か言われると思っていたのに、どうして？

動揺する私達を見つめ、不思議そうな顔をするフェ様。

「どうされました？」

「いえ、あの。よろしいのですか？」

お父さんも信じられなかったのか、フェ様に確認をしている。

「確かにサラ様の存在を公表するように提案しましたが、強制するつもりはありませんから……私に無理強いされると思いましたか？」

フェ様の指摘の通り、すぐには了承してもらえないだろうと考えていた。

でもまさか「はい、そうです」とは言えず、私達は何も答えることができない。

「国王陛下は私の甥です。畏れ多いことですが、自分の息子のようにも思っている。その気持ちが、気づかぬうちに態度に出てしまったのかもしれません。皆さんが不安になるような態度をとってしまい、申し訳ない」

私達に向かって、頭を下げるフェ様。

元王族の方に頭を下げさせるなんて！

私達親子は狼狽えてしまう。

「そんなっ！　あの。神官長様の気持ちはわかりましたから。どうか、お顔をお上げください。それに、まだお願いしたいことが」

「お願いしたいこと？」

お父さんの言葉が気になったのか、すぐに頭を上げるフェ様。

ほっとしたけど、これからが本番だから、気を引き締めなくっちゃ。

「サラが王立魔法学校に入学したいと言い出しまして」

「王立魔法学校に？」

「はい。サラは今までセレナに習う以外は独学で魔法を使っていました。ですが、マーブルと一緒にいるためにも、本格的に魔法を勉強したいと」

「ふむ。確かにサラ様の能力は入学基準を余裕で満たしていますが、よろしいのですか？　王立魔法学校は王都にあります。貴族の子息、令嬢達も学んでいますから、平穏に暮らしたいというあなた方の願いに反するのでは？」

さっきは秘密が漏れる心配のないククル村で暮らすと言っていたのに、危険の多い王都に行かせると言い始めたのだから、フェ様が疑問に思うのも仕方がない。

「私達も反対したのですが……」

お母さんはまだ心から納得できていないのか、気持ちが揺れ動いているみたい。

お母さんにまた反対されるといけないので、私は椅子から立ち上がり、フェ様に自分から話しかけることにした。

「私一人なら、お母さん達のことはばれないと思うんです！　鑑定結果を少し書き換えてもらえれば、辺境から来た人間になんて誰も興味を持たないと思うし、貴族の方達とは関わらないようにします。マーブルのことも、ちゃんと守役（もりやく）の精霊様達とお話しして、対策します。なので、お願いします！」

　フェ様に向かって、深く頭を下げる。

「サラ様が関わらないようにしても、その能力の高さが知られたら、注目を浴びそうですが」

「え？　それってどういう――」

　ぼそっとフェ様が言ったことがよくわからず、下げていた頭を思わず上げてしまう。

　お父さん達は聞こえなかったのか、首をかしげている。

　フェ様は私の問いを受け流して少し考える仕草をしたあと、私に椅子に座るようすすめた。私が素直にそれに従ったのを見て、再びゆっくりと口を開く。

「わかりました。この教会から推薦状をしたためておきましょう。称号と強すぎる能力を隠すため、鑑定書の書き換えも任せてください。ただその場合、私が後見人（こうけんにん）になると逆に注目される可能性がありますね」

フェ様の言葉に、副神官長様も頷く。

「そうですね。神官長が後見人になっていることで、変に勘繰られる可能性もあります。もちろん、こちらとしては全面的にサポートさせていただきますが、後見人は別の方になっていただいたほうがいいかと」

そっか。元とはいえ王族の血を引くフェ様が、ただの村娘の後見につくなんておかしいもんね。

フェ様のそばにいるならともかく、王都に一人で行くなら関心を持たれるようなことは避けたい。するとフェ様は、こう提案してくれた。

「私は王立魔法学校の校長と旧知の仲なので、サラ様のことは彼に頼んでおきましょう。もちろん、精霊王様のことは伏せておきます」

「「ありがとうございます」」

無事に王立魔法学校に入学できそうで、ほっとする。あとは、私が頑張るのみだ！

「さて、これでようやく守役の精霊様をお呼びできますね！」

フェ様はそう言うと、とてもいい笑顔でこちらを見る。守役の精霊様に興味津々なようだ。

「今からここにお呼びするのですか？」

逆に副神官長様は心配そう。フェ様が暴走しないか不安なのかな？

「私達が議論したところで、結局は精霊様の心を推し量ることなどできるはずもないのだ。であるのなら、早めに精霊王様の無事を伝え、誠意を尽くして説得するしかなかろう」

フェ様の言っていることは正論だけど、表情がなぁ。

あんなにワクワクした顔されたら、説得力がなくなっちゃうよ？

その証拠に、副神官長様は苦い顔をしてる。

そんなこんなで、早くも守役の精霊様をお呼びすることが決まった。

私の膝の上にいるマーブルを見ると、鼻息荒く、やる気に満ち溢れている。

「にゃんにゃんにゃん！」

「猫の姿から元の姿に戻るそうです。精霊王様本来の姿に戻れば、守役の精霊様が気配を辿って、すぐにここまでやってくると」

ジークがすかさず通訳をしてくれる。

「にゃにゃにゃん。にゃんにゃん♪」

「えっ⁉　せ、精霊王様のお力で、一時的に精霊様達のお姿を見たり声を聞いたりすることが可能になるそうです」

ジークの言葉に、部屋にいる全員が驚く。今まで加護持ちの方以外は精霊様のお姿やお声を聞くことはできないとされていたからだ。

「なんてことだ。一目見たいと思っていた精霊様に会えるなんて。しかも、精霊王様だぞ？　クリス、私は夢でも見ているのかな？」

フェ様は嬉しすぎるのか、呆然としている。

「しっかりしてくださいっ。正気に戻らないと、精霊王様のお姿を見ることができなくなりますよ？」

副神官長様の言葉で、フェ様は慌てて姿勢を正してマーブルを凝視する。マーブルはちょっと迷惑そうだ。

私はマーブルの頭を撫でて落ち着かせる。

「では、精霊王様、お願いしてもよろしいですか？」

「にゃんっ」

フェ様の言葉にマーブルは一声鳴いて、私の膝の上から飛び下りる。

そして周りに何もない場所で立ち止まると、マーブルを中心に魔法陣が浮かび上がった。

魔法陣が光り輝き、あまりの眩しさに目を開けていられなくなって両腕で目を覆う。

いつ終わるのかと思い始めた頃、ようやく光が消えた。

『ママっ！』

愛らしく澄んだ声がマーブルのいた方向から聞こえる。私は恐る恐る目を開けた。

マーブルのいた場所には三、四歳くらいの子供がいた。

肩のあたりで切り揃えられた白髪はキラキラ光って、とてもきれいだ。私を見つめる虹色の瞳は瞬きする度に様々な色に変化し、目がそらせない。

ジークもお母さんもきれいな人だと思っていたけれど、それは人の範疇におさまる美しさだったのだと、この子を見て思った。

それ程、私の目の前にいる子供は桁外れの美貌の持ち主だった。

女の子なのか、男の子なのか、外見ではどちらかわからない。

しばらく言葉もなく見つめていると、子供がじれたようにこちらに近づいてくる。

『ママ？　どうして何も言ってくれないの？』

ほっぺたを膨らませ、私のスカートをつかんでくる子供が、最初は何を言っているのかわからなかった。

ママって私のこと？　もしかして……

「マーブル、なの？」

『そうだよ！　この姿ならママといつだってお話しできるよ！』

さっきまで膨れていたのに、今は満面の笑みで私を見つめている。って、本当にマーブルなのっ⁉

恐る恐る自分からマーブルに触れてみる。

髪はふわふわのサラサラで、マーブルの毛の感触とよく似ていた。

いつもと同じように頭を撫でてみると、気持ちよさそうに目を閉じる。

その姿が猫の時とまったく同じなことに気づいて、私はようやくこの子がマーブルなんだと実感することができた。

「触れるんだね」

確か、精霊様には実体がなかったはずだ。まさか触れるとは思っていなかったので不思議に思う。

手をマーブルの頭から頬に移動すると、ひんやりと冷たくて、やはり人とは違うのだと実感する。

『今回は特別だよ。今この部屋に結界を張って、僕達も実体が持てるようにしたんだ♪僕、えらい？』

まったく理解できなかったけれど、マーブルがキラキラした目でこちらを見ている。

きっと褒めてほしいんだよね。

「すごいね？」

思わず疑問形になってしまう。それを誤魔化すように、マーブルの頭をもう一度撫でた。

誰か理解できた人はいるのかと周りを見回して、びっくりする。

フェ様と副神官長様が床に跪き、マーブルに向かってお祈りのポーズをしているのだ。

次にお父さん達を見ると、二人は私と同じで呆然とマーブルを見ていた。

最後にジークを見ると、彼は比較的落ち着いた様子で椅子に座ったまま私とマーブルを見つめている。

そのジークの後ろには、青い髪と青い瞳の見知らぬ男性が立っていた。

「ジーク、後ろにいる方はもしかして……」

私が言うと、ジークは振り返って少し驚いた顔をする。なんでかな？

「この方が僕に加護を授けてくれた精霊様です。でも、こんなにはっきり姿が見えるなんて」

『僕の力だよ！　僕達の姿や声を聞けるようにするって、言ったでしょ？　本来なら加護を授けた人間でも、僕達に触れることはできないんだ。僕達の体は魔力で作られているからね』

とにかくすごいことだというのは、マーブルの自慢げな態度でよくわかった。

そんなことを簡単にやってのけるなんて、マーブルはやっぱり精霊王様なんだなと感心する。

するとマーブルが突然後ろを向いたあと、天井を見上げて一言呟いた。

『来る』

一緒に天井を見るけど、そこには何もない。

マーブルにもう一度視線を戻すと、いつの間にかマーブルの足元には四人の男女が跪いていた。

「きゃっ」

あまりに一瞬の出来事に、思わず声が出る。そんな私にマーブルが説明してくれた。

『大丈夫だよ、ママ。彼らが僕の守役の精霊達だ』

この精霊様達が、守役の……

『思ったより来るのが早かったね』

マーブルの言葉に、守役の精霊様達が顔を上げた。

マーブルの美しさには負けるけれど、守役の精霊様達はそれでも人とは比べものにならない美貌で、私はすっかり圧倒されてしまった。

精霊様には私みたいな平凡な顔の持ち主はいないのかな？

『我々は精霊王様を捜して、世界中を飛び回っておりましたので』

茶色の髪に茶色の瞳の、壮年の男性がマーブルの問いかけに答える。

髪や瞳の色は地味だけど、あたたかみのある色で、穏やかで落ち着いた様子の精霊様にはとても似合っていた。

『姿を現してくださったということは、わたくし達と一緒に戻っていただけるのですよね？』

青い髪に青い瞳の妙齢の女性が、マーブルに懇願するように問う。

ジークの精霊様よりも髪も瞳も深い青色で、少し硬質な印象を受けるけど、優しげな風貌がその印象を和らげている。

ジークの精霊様と同じ属性の精霊様なのかな？

『ううん。僕はもうあんな退屈なところになんか絶対戻らないんだからっ』

『そんなっ』

マーブルが精霊様の言葉を拒絶すると、青髪の精霊様はショックを受けたのかふらついている。すると、そばにいた赤い髪の精霊様が、青髪の精霊様の体を支えた。

『精霊王さんよ、それはちょっと我が儘が過ぎるってもんだ。あんたにはこの世界を管理するっていう使命があるんだからな』

赤い髪に赤い瞳の精霊様が、苛立ったようにマーブルを詰る。

茶髪の精霊様より若い青年の姿で、怒りのせいか瞳が炎のように揺れていた。

『まあまあ、少し落ち着きなさい。今回の精霊王様は少々やんちゃな方なのね。だけど精霊王様、もう十分に人の世界を楽しんだのではありませんか？　わたくし共と一緒に帰りましょう？』

最後に、金色の髪に若葉色の瞳をした女性が、困ったように笑いながらマーブルを諭す。

首をかしげながら話す姿はすごく色っぽい。

青髪の精霊様や赤髪の精霊様より少し年上に見えた。

『管理ならあそこじゃなくったってできるもんっ。僕は絶対にママのそばから離れないからね！』

『『『ママ？』』』

マーブルの言葉に、守役の精霊様達が一斉にこちらを見る。

「こ、こんにちは？」

何か話さなきゃと思って出た言葉は、ずいぶんと的外れなものになってしまった。

第三章　試練

それからしばらく。守役の精霊様達と私の見つめ合いが続いた。

『精霊王様、彼女は人に見えますが？』

『うん。そうだよ！　ママはとっても優しいんだ』

マーブルは茶髪の精霊様の問いかけに自慢げに頷くと、私を守役の精霊様達に紹介してくれる。

守役の精霊様達は、私をじっと見つめてくる……そろそろやめてくれないかな？　緊張で意識が遠退きそうだよ。

『あの。気のせいでなければ、彼女にはわたくし達の姿が見えているのではないかしら？』

私が精霊様達の姿をとらえていることに、青髪の精霊様は気づいたみたいだ。

それでもまさかという思いがあるのか、他の精霊様達に自信なさげに問いかける。

『はぁっ!?　お前何バカなこと言って――』

『いえ、見えているわね。だって、先程わたくし達に向かって「こんにちは」って言ったもの』

声を荒らげた赤髪の精霊様に、金髪の精霊様は冷静に答えている。

『『『……』』』

精霊様達はしばらくお互いに顔を見合わせたあと、茶髪の精霊様が代表してマーブルに質問する。

『精霊王様、これはどういうことでしょうか？』

『僕がここに結界を張って、精霊の姿を見えるようにしたんだっ。見えるだけじゃないよ、声も聞こえるし、触ることだってできるんだから』

マーブルと茶髪の精霊様が話す間も、他の精霊様達はずっと私を見ている。

特に赤髪の精霊様の視線が痛い。厳しい表情のまま、マーブルに問いかける。

『どうしてそのようなことを？』

『ママに話を聞いてもらおうと思って。金髪頭に頼ったままなのも嫌だし』

ん？　もしかして、金髪頭ってジークのこと？

マーブルがジークのことをよく思っていないことはわかっていたけれど、さすがにその呼び名はどうだろう。

あとでしっかり注意しておかないと。

そんなことを考えていたので、いつの間にか精霊様達が私のそばまで来ていたことに気づくのが遅れてしまった。

『あんた、なんかいいな。そばにいると落ち着く』

赤髪の精霊様が、楽しげに言う。

「へっ？」

『確かにそうね。わたくしはなんだかわくわくするわ。あなたと一緒にいるのは楽しそうね』

『わたくしは心が穏やかになったような、不思議な心地ですわ』

金髪の精霊様、青髪の精霊様もにこにこと微笑んでいた。

『ちょっと、みんな何してるの⁉　僕のママに近づかないでっ！』

精霊様に次々と話しかけられ、どうすればいいのか困っていると、マーブルが私に抱きついて精霊様達を威嚇（いかく）する。

『なあ、さっきからママって、なんのことだ？』

赤髪の精霊様が戸惑ったようにマーブルに尋ねる。

『ママはママだよ。僕はお前達の追跡をかわすために猫の姿になってたんだけど、空腹で倒れてしまったんだ。その時助けてくれたのがママだよ！　ママはつきっきりで僕の看病をしてくれて、とっても優しいの♪　本当は寵愛を与えようと思ってたんだけど、ラルフから言われて考え直したんだ』

『その、ラルフとは誰のことですか？』

『ククル村のラルフだよ。僕がママに抱っこしてもらってた時、ラルフが「マーブルはサラの子供みたいだな」って言ったんだ！　ママも「マーブルは家族の一員だよ」って言ってたから……』

　ラルフさんはお父さんの部下の一人で、防衛団の中では一番の若手だ。うっかり発言が多くてよくお父さんに叱られているけれど、マーブルのママ発言がまさかラルフさんの影響だったなんて⁉

『精霊王様、寵愛とおっしゃいましたか？　もしかして、彼女に称号を与えたのですか？』

　茶髪の精霊様が目を見開いて、驚いている。

『うん！　でも与えたのは精霊王の寵愛じゃなくて、〝精霊王の母親〟っていう称号だけどね』

『何を考えているのですかっ』

『お前、バカだろっ！』

茶髪の精霊様と赤髪の精霊様はマーブルを叱りつけるけれど、マーブルは知らんぷりだ。

『あぁっ、どうしましょう。わたくし達が目を離したばかりに、取り返しのつかないことに！』

動揺した様子の青髪の精霊様に、金髪の精霊様がなだめるように話しかける。

『落ち着きなさい。どんな影響があるのかわからないけど、寵愛よりはましでしょう。それに、精霊王様に称号を取り消してもらえば問題ない話よ』

称号を取り消すって、どういうこと⁉　マーブルと一緒にいられなくなるの⁉

私からしたら、それ問題ありまくりですから！

私に抱きついているマーブルに、私も両腕を回す。

このままでは、有無を言わさず引き離されそうで必死だった。

『大丈夫だよ。僕は称号を取り消さないし、ママのそばからも離れないからねっ』

マーブルが私を安心させるように言う。その言葉にホッとすると同時に恥ずかしくなった。

精霊様達に会うのを嫌がるマーブルに、一緒にお願いするからと言ったのは私だ。なのに、マーブルばかりが頑張っていて、私はまだ何もしてない。

このままじゃダメだ！　マーブルとこれからも一緒にいるためにも、頑張ってお願いしなくちゃ！

マーブルに一声かけて、椅子から立ち上がる。

今後について話し合っていた精霊様達が、何事かと再びこちらを見た。

私は深呼吸を一つして、精霊様達に向き直る。

「あの、私はサラって言います。今回は私がマーブルにお願いして、精霊様達に来ていただきました。突然お呼びして、ごめんなさい」

軽く頭を下げて精霊様達に自己紹介をする。まず、私のことを知ってもらわないと。

『精霊王様の気配を突然感じられるようになったのは、あなたのおかげなのですね。ありがとうございます』

青髪の精霊様が優しく笑いかけながらお礼を言ってくれる。けれど精霊様を呼びつけたも同然だし、これから話す内容のことを考えるととても気まずい。

「いえ。ただ、私が精霊様達にお願いしたいことがあっただけで……」

『人の子よ、我々に何を望むというのか？』

茶髪の精霊様が厳しい目を向けてくる。それだけで足が竦み、体が震えた。

だけど、ここで負けちゃダメだと、なんとか両足を踏ん張って耐える。

お父さん達がこちらを心配そうに見つめているのがわかった。

でも、私が精霊様達に話しかけるのを止めることなく、見守っていてくれる。

フェ様達は相変わらず精霊様達に頭を垂れたままだ。信仰するお相手に会えた喜びは私達以上なのだろう。

ジークはこちらに近づこうとして、彼のそばにいた精霊様に止められていた。

私は大丈夫だと伝えるため、お父さん達やジークに向かって大きく頷く。

そして、もう一度深呼吸をしてから精霊様達に向き直った。

「わ、私はマーブルとこれからもずっと一緒にいたいですっ。どうか、マーブルを連れて帰らないでください。お願いしますっ」

精霊様達に向かって一気に話すと、頭を深く下げる。

精霊様達からいい返事をもらえるまで、頭を上げる気はなかった。

『連れてくなったって、こっちも困るんだが』

私のお願いに、赤髪の精霊様の戸惑う声が聞こえてくる。

「私は絶対マーブルの力を悪用しません！　今までだって、マーブルは猫だと思ってたから、マーブルに何かをお願いしたことなんて一度もないんですっ。だからっ……」

精霊様達に納得してもらおうと、必死で言い募る。

『そういう問題ではないの。精霊王様のお力は甚大よ。しかも生まれ変わったばかりで、感情の制御ができていないのは、今の様子を見れば明らかだわ。もし、あなたの身に危険が及んだら？　必ず精霊王様はあなたを助けようとするわ。その時に感情的になって力を使ったら、この国が滅ぶかもしれない。それでも、一緒にいたいと言うの？』

「それは……」

何も答えることができないでいると、金髪の精霊様は反対する理由をたたみかけるように述べていく。

『それに、あなたと精霊王様では寿命が違いすぎるわ。あなたは精霊王様を残して、結局は先に亡くなるのよ？　その時、精霊王様は余計悲しむことになる。生まれ変わって間もない今なら、精霊王様もあなたのことを忘れられるはず。ここで精霊王様とお別れするのが、お互いのためなのよ』

言い返したいけど、言葉が出てこない。確かに精霊様の言うことは正しい。

でも、だけど……

黙り込んでいると、青髪の精霊様は私が納得したと思ったのか、マーブルに話しかける。

『精霊王様も。どうか今までの精霊王様のように、人に関心を持つことなくあの場所で使命を果たしてくださいまし』

『嫌だ！　あんな何もないところで、なんで僕だけ人と触れ合っちゃいけないの？』

『精霊王とはそういう存在ですわ』

『世界のためです』

『さあ、我らの住み処へ帰りましょう』

話は終わったとばかりに、マーブルを連れて帰ろうとする精霊様。そんな精霊様達に私は必死で縋りつく。

「待ってください！　何か、何か方法はないんですか？」

『人の子よ、ならぬものはならぬのだ』

『あなたのためでもあるのよ。諦めなさい』

『残念ですけれど……』

「私、強くなります！　マーブルの力に頼りません！　だからっ」

茶髪の精霊様を筆頭に、金髪の精霊様と青髪の精霊様もまったく私の話に耳を傾けてくれない。そんな中、赤髪の精霊様だけは違う反応を見せた。

『おもしれぇじゃん。そんなに言うなら、お前の決意が本物か試してやろうか？』

『赤の、何を言って』

茶髪の精霊様が驚いたような顔をするけれど、赤髪の精霊様は無視して続ける。

『このままじゃあ、精霊王さんは俺達の目を盗んでまた逃げ出すに決まってる。それなら、この娘っ子にチャンスを与えてみるのもいいんじゃねぇか？　そのかわり、試練に打ち勝つことができなかったら、精霊王さんのことは諦めてもらう。どうだ、やってみるか？』

今までの頑なな態度のことを考えれば、チャンスだと思った。

だから、喜び勇んで返事をしようとしたのだけれど、私の口は誰かの手にふさがれた。

『金髪頭！　ママに何を！』

マーブルの声で、その手がジークのものだとわかった。

マーブルがジークに噛みついたので、ジークの手はすぐに離れたけれど、突然のことに私の心臓はドキドキとうるさい程、音を立てている。

「サラ、すぐに返事をするのは危険です。情報が少なすぎる」

ジークはそれを言うために、自分の精霊様の制止を振り切って私のもとにやってきてくれたのだ。

ジークの言葉で、自分がいかに考えなしだったかわかって恥ずかしくなる。

「精霊様達の意見もまとまっていないようですし、もう少し話を聞いてから決めても遅くないはずです」

ジークは精霊様達に聞こえないように、私の耳元でささやいた。

そういえば、赤髪の精霊様との話を中断してしまったわけだけど、よかったのかな？　精霊様達のほうを見ると、精霊様達は赤髪の精霊様を取り囲んで勝手な行動をするなと咎めているところだった。

私が返事をしなかったことにも気づいてないようだ。

『赤の、勝手に決めるな』

茶髪の精霊様の言葉に、青髪の精霊様が頷く。

『そうですわ。変に期待させて突き落とすなんて感心しません』

一方の赤髪の精霊様は不満そうだ。

『だけどよ、このままだったら平行線じゃねえか。あの子供が諦めない限り、精霊王さんは絶対に納得しないぜ』

『確かにその通りね。精霊王様のあの顔をご覧なさいな。納得していないのがまるわかりよ。あれは絶対に、隙あらば逃げ出そうとしている顔ね』

金髪の精霊様の言う通り、マーブルは私にしっかりとしがみついて精霊様達を睨みつけていた。

『けれど、もし人の子が試練を乗り越えたらどうするのです？』

茶髪の精霊様は厳しい声音で言う。

『だから、お前らちょっと耳を貸せ。……で、……なわけよ、……したら、どうだ？』

『それなら、まあ』

『ええ、そうね』

『一考の余地はあるな』

いったい、赤髪の精霊様は何を話したのだろう？　他の精霊様をあっという間に説得してしまった。

あれだけ反対していた精霊様達が納得するぐらいなのだから、とても難しい試練なのだろう。

嫌な考えが頭の中に浮かんで、体の震えが止まらなくなる。

『で、どうするよ？』

赤い精霊様はそんな私の様子に頓着することなく、返事を急かした。

恐怖でうまく口を開けない私のかわりに、ジークが赤髪の精霊様に話しかける。

「精霊様、お待ちください。その前に質問させていただけないでしょうか？」

『ああん？　誰だよ、おめえ』

赤髪の精霊様がギロリとジークを見る。

「僕はジークフリート・アニストンと申します。あちらにおられます精霊様より加護を頂戴しております」

『加護持ちがなんの用だ？』

「サラが返事をする前に、試練の詳細をお聞きすることは可能でしょうか？」

『別にいいぜ』

意外なことに、赤髪の精霊様は断らなかった。

そこに精霊様達の余裕を感じて、さらに不安になる。そんな私を安心させるように、ジークは肩を優しく叩いてくれた。

……そうだよね、まだ試練の内容を聞いてもいないうちに不安に思ったり、諦めたりするのは早すぎるよね。

ジークのおかげで落ち着きを取り戻した私は、赤髪の精霊様から語られる内容に耳を傾ける。

『娘っ子には一人である場所に行き、そこにいる相手の悩みを解決してもらう』

「サラ一人で、ですか？」

不安そうなお父さんに、赤髪の精霊様は頷いた。

『そうだ。精霊王さんが一緒に行くのもなしだ』

「む、娘の身に危険が及ぶことはないんですかっ⁉」

お父さんは心配そうにこちらを見ていた。

お母さんも、せっかくよくなった顔色が真っ青な状態に戻ってしまっている。

『娘っ子の父親か？　安心しろ。俺達が見守っててやるさ。娘っ子自身が負けを認めた時や、これ以上は危険だと判断した時はすぐに助けに入る。怪我一つ負わせやしねえよ』

お父さん達は赤髪の精霊様の言葉を信じていいのか悩んでいるようだった。

精霊様が嘘をつくとは思わないけれど、試練がそんな生易しいものではないと感じ取ったからかもしれない。

『わたくし達はずいぶん譲歩したと思うのだけれど……。嫌なら断ればいいじゃない』

煮え切らない私達の態度にいい加減じれったくなったのか、金髪の精霊様が返事を急かす。

本当なら、今すぐにでもマーブルを連れて帰りたいのだろう。

『あまりいじめないであげて。彼らが心配するのは当たり前のことですわ。……ところで、そこの二人は先程から会話に加わっていないようですけれど、どう思っているのかしら？』

青髪の精霊様が金髪の精霊様をなだめ、ずっと祈りの姿勢のままだったフェ様と副神官長様に話しかける。

フェ様は一度大きく体を震わせたあと、ゆっくり顔を上げた。

「私は精霊教会の神官長をしております、フェビラルと申します。私の隣にいるのが副神官長のクリストファーです。畏れ多くも精霊様よりお言葉を賜り、感涙の極みにございます」

『そ、そう。あなた達は教会の関係者なのね。それで、あなた達はどう思っているのかしら？　このまま大人しく精霊王様との別れを受け入れるべきか、それとも低い可能性にかけて試練を受けるべきか』

青髪の精霊様は大袈裟な挨拶に戸惑い気味だったけれど、すぐに気を取り直してフェ様に質問する。

「私共はサラ様の望むようになされればよろしいかと思います」

考える間もなく、即答だった。

『ほ、本気ですの？』

「どちらの選択をしても、影響があるのは精霊王様とサラ様ですから。精霊王様とサラ様が後悔しない選択をなさるのが一番かと愚考いたします」

フェ様の言葉にハッとする。そうだ、ジークに庇われている場合じゃないのだ。

もとはと言えば、マーブルと離れたくないという私の我が儘にみんなが協力してくれただけなのだから、私が頑張らなくてどうするの！

自らを奮い立たせると、ジークの前に立つ。

「サラ？」

「もう、大丈夫です」

私の決意に気づいたのか、ジークは私の腕をつかんで必死に止める。

「サラ、ダメです。もう少し情報収集したほうがいい。彼らの言う悩みを持つ相手が人とは限らな――」

『おっと、娘っ子を邪魔するなんて感心しないな。あの二人を見習って送り出すのが男ってもんだぜ』

赤髪の精霊様は自分の思い通りに事が進むのが楽しいのか、にやにやと笑いながらこちらを見ていた。

「私が試練に打ち勝てたら、マーブルと一緒に暮らせるんですね？」

『ああ。検討してやるよ』

そう言いつつも、あの顔は絶対に無理だと思っている。

でも、もう私は決めたのだ！

「私、試練を受けます！」

『よし、よく言った！　じゃあ、今から早速始めようぜ！　緑の、頼むぜ！』

それからは一瞬だった。

赤髪の精霊様が金髪の精霊様に声をかけるや否や、私とマーブルの体は宙を舞い、窓の外に放り出される。

「「「サラっ⁉」」」

「「サラ様⁉」」

みんなの驚いた顔を最後に、私は意識を手放した。

「ん……」

次に目を開けた時、私は森の中に一人横たわっていた。

確か突然体が宙に浮いて……そうだ、マーブルと一緒に教会の外に放り出されたんだった。

でも、周りを見渡してもマーブルの姿はなかった。

試練が始まったということなのだろうか？

ここがどこなのかもわからないまま、試練を受けないといけないの？　放置されたことが信じられず、しばらく呆然とする。

始まる前に精霊様達からもう少し詳しい説明があると思っていた。

ジークに考え直すよう言われたのに、やると決めたのは他ならぬ私だ。

でも、こんな急にみんなと引き離されるとは思っていなかったのだ。最後に見たお父さん達の青ざめた顔が忘れられない。今頃、きっと心配しているに違いない。

みんなのことを考えると、恋しくって、寂しくって、泣きそうになる。

でも、もしかしたら姿が見えないだけで、マーブルも精霊様達もすぐそばで私の様子を見ているかもしれない。

もしぐずぐずして、私が試練を諦めたと思われたら？

そう考えると泣いてなんかいられない。

目元に滲む涙を強引にぬぐい、顔を上げてその勢いのまま立ち上がる。

空を見上げるとお日様はちょうど真上に昇っていて、お昼近くなのがわかった。

教会にいた時から、そんなに時間は経っていない。となると、サーズ町からそんなに離れた場所ではないのかも？

時間と大体の場所を予測しつつ、もう一度落ち着いて周りの様子を観察する。

ここが試練の場なら、近くに悩みを抱えているという人物がいるはずなのだけれど、私以外には誰もいない。

グオォォォォォォォッ！　グオォォォォォォォッ！

キョロキョロとあたりを見回していると、どこからか生き物の吠える声がした。

初めて聞く声だ。声が聞こえる度に地面が振動することから、もしかしたら大きな魔物がいるのではないかと考えた。

でも、精霊様が危険なことはないと言っていたのを思い出し、恐ろしい考えを頭の中から追い出す。

「大丈夫、だよね？」

このままここにいても仕方がないので、私は声のするほうへ行ってみることにした。

――サラが森の中を歩き出したのと、同じ時刻。

『ふむ。意外にも度胸はあるようだな。彼女とは思ったよりも早い対面になりそうだ』

茶髪の精霊――モスが意外な姿を見たというように目を少しみはる。

『そうですわね。でも、あんなに目を赤くして、本当は心細いでしょうに。いじらしいこと』

青髪の精霊――アクアはサラの赤い目を痛ましそうに見つめていた。

彼らのいる空間には巨大な鏡があり、そこには今、サラの様子が映っている。

守役の精霊達は、彼らの住み処である時空の狭間にマーブルを連れて戻ってきていた。

精霊達はそこから興味深げにサラの行動を見つめていた。

『それにしても、リードにしてはいい手を考えたわね。これを人の手で解決するのはなかなか難しいもの』

『俺にしてはってどういう意味だよ、ティネ』

『言葉の通りよ』

ティネと呼ばれた金髪の精霊は、リード――赤髪の精霊を楽しそうにからかった。

リードはふてくされたように唇を尖らせる。

ここには守役達とマーブルしかいないため、互いに愛称で気軽に呼び合っているのだ。

彼らはサラが試練を乗り越えることは万が一にもないと考えているらしく、鏡を見つめる姿には余裕があった。

そんな彼らをマーブルは睨みつける。

『お前達、いったいどんな無理難題を考えついたんだよ』

『身の程も知らずに人の身で精霊王様を独占しようというのですから、これぐらい簡単にこなしてもらわなければ困ります』

『ママは僕の力になんて興味ないの！　ま、まあ、ママが独占したいのならそれはそれで……』

モスの言葉に、マーブルは口元をほころばせ満面の笑みを浮かべる。

そんなマーブルの様子を、リードとティネが呆れたように見つめていた。

『精霊王様、いい加減に現実を見てくださいませ。生まれ変わったばかりとはいえ、あなた様には歴代の精霊王様の記憶があるはず。であれば、今のあなた様の行いがいかに愚かなことであるか、重々わかっておいででしょう』

アクアは必死で諭すが、マーブルの心に響くことはなかった。

なぜなら、歴代の精霊王の記憶こそがマーブルに脱走を決意させたからだ。

他の精霊達が人と楽しそうに交わる中、孤独に世界を調整する日々。

なんの変化もない毎日に、マーブルは爆発寸前だった。

サラとの出会いによって、マーブルの孤独はようやく癒されたのだ。

今まで守る立場だった自分が、守られる立場になる喜び。

精霊王以外の名前で呼ばれる日々が、なんと幸せだったことか。

すべてが新しい発見の毎日で、退屈な日なんか一日たりともなかった。

そんな幸せな生活がまさかサラの能力鑑定によって、こんなにあっさり崩れるとは。

いや、愚かにも幸せに目がくらんだ自分は、そんな日が訪れるかもしれないと考えることすら放棄していたのだ。

能力鑑定のあと、サラ達の会話から、自分が授けた称号がばれたことはわかった。

それでも自分が猫の姿のままでいれば、精霊達に気づかれることはないだろうと楽観していた。

だから、ジークフリートとサラが出会った時、本当は黙ってやり過ごすつもりだったのだ。

でも、サラが「精霊様だ」と目を輝かせてジークフリートを見つめている姿に、我慢することができなかった。

サラのそばには本物の精霊が、精霊王がいるのだと、僕のママに気軽に触れるんじゃないと言ってやりたくて、気づいたらその姿を精霊の前にさらしていた。

サラと会話できる楽しさに、ついつい余計なことまで話してしまって、守役達を呼び出す事態になったのは誤算だったが。

それでもまさか、自分が人間と関わることを、こんなに咎められるとは思わなかった。

彼らはマーブルの孤独を知ろうとはせず、ただただ、責務を果たせと強要してくる。

いっそのこと、彼らを消してしまおうか。

そんなほの暗い考えが浮かんだ時、サラがついに目的地に到着したとリードが伝えた。

『おい！　ついにご対面だぜ！』

『いったい誰とママを引き合わせようとしているの？』

マーブルはとりあえずサラを見守ることが先だと思い直し、リードに問いかける。

すると、リードはマーブルに鏡がよく見えるよう自分の体をずらし、自慢げに鏡を指さして言った。

『属性竜(ぞくせいりゅう)だよ』

鏡には尻もちをついて固まったサラと、卵を大切そうに抱える属性竜の姿が映し出されていた。

◇◇◇

森の中をしばらく歩いていると、私はふと違和感に気づく。

例の声以外、鳥の声も虫の声もまったく聞こえないのだ。

この森の中には、他に生き物はいないのだろうか。
そう考えながら歩いてみたが、やはり生き物に会うことはなかった。
首をかしげつつも、たまたまかなと思って先を急ぐ。
早く試練に打ち勝とうと気持ちが逸るばかりで、深く考えなかった。
道はいつの間にか途切れ、草木をかき分けて道なき道を進むこととなった。
グオォォォォォォッ！
私が迷いそうになる度に声がした。
私はそれが聞こえるほう、聞こえるほうへと足を進めていく。
そして、ついに目的地に到着した。
そこで私を待っていたのは、青色の鱗と銀色の瞳を持つ一匹の竜だった。
竜は森の開けた場所にいて、大きな湖の中に静かにその身を横たえている。
あまりの衝撃に、尻もちをついたまま固まる私。
そんな私には見向きもせず、竜はある一点を見つめて涙を流していた。
グオォォォォォォッ！
今まで聞こえていた咆哮が、目の前の竜から発せられる。
この竜が赤髪の精霊様が言っていた、悩みごとを抱えた相手なのかな？

よく見ると、竜の鱗は潤いがなくパサパサしていて、健康状態は明らかに悪そうだった。

でも、長いまつげを瞬かせる度に大粒の涙が零れ落ちる様は、不謹慎かもしれないけれどとてもきれいだ。

竜が何を見て涙を流しているのか気になった私は、思い切って話しかけてみた。

「あの、何をそんなに悲しんでるんですか？」

大きな竜を見て驚きはしたものの、不思議と恐怖心はない。

『ああ。なんだか懐かしいお方の気配がするような……。なんじゃ、そなた人間の子供ではないか。そなたが火の精霊様がおっしゃっていた者かえ？　このように幼き者に妾の吾子を救えるとはとても思えぬが……』

私の問いかけに、竜は億劫そうにこちらを見ると、すぐに下を向いてしまう。

「あこ？」

『妾の愛しい子供よ。ほれ、ここに卵があろう？　本来ならすでに生まれていてもおかしくないのに、妾のせいで吾子が、吾子がっ』

竜は愛しそうに前足で卵を撫でると、またパラパラと涙を零す。

「わ、私が力になれるかわからないけど、火の精霊様？　が言ったのは私のことだと思います」

たぶん、あの赤髪の精霊様が火の精霊様なのだろう。

竜は私の言葉にようやく興味を持ってくれたようで、悩みごとを教えてくれた。

『妾の吾子が生まれてくる気配がまったくないのじゃ。そればかりか、卵から感じられる反応がどんどん弱いものになっておる。このままでは吾子は……』

「そんな！　原因はわからないんですか？」

『母親は子供が生まれてくるまで卵に魔力を注ぎ続けるのじゃが、吾子には妾の魔力だけでは足りぬようなのじゃ。わかっていてもどうすることもできず、吾子の鼓動がどんどん弱くなっていくのをただ見ていることしかできぬ』

「他の竜さんに頼むことはできないんですか？」

『妾は属性竜。水属性の竜は妾しかおらぬ』

属性竜！　確か属性竜は、すべての竜の頂点に立つ存在だって、ククル村の神官様が言っていた。

その名の通り、それぞれ属性の魔法を使うことができるんだったよね？

人の住んでいない奥まった場所で暮らしているって聞いたから、まさか、自分が会うことになるなんてびっくりだ。

あれ？　でも待って。今、水属性の竜はこの竜さんしかいないって言った？

「え？　じゃあ、この子にお父さんは？」

『おらぬよ。人と竜を一緒にするでない。属性竜は自分の寿命が近づくと卵を一つ産むのじゃ。子供に自分の力や知識を引き継ぎ、一人前になったところで、親は寿命を迎えるようにできておる』

「じゃあ、竜さん死んじゃうの？」

寿命を迎えると聞いて、自分でも驚く程に動揺しているのがわかる。

そんな私に竜さんが呆(あき)れたようにこちらを見た。

『吾子(あこ)が一人前になるまでは死にはせぬ』

「本当に？」

『……心配せずとも、そなたよりもうんと長生きするであろうよ』

卵に話しかける時と同じように優しく話しかけられて、私はお母さんのことを思い出した。途端に、涙がポロポロ零(こぼ)れてくる。

『な、なんじゃ、突然泣き出すとは。なんとも、調子の狂う娘じゃの』

「えへへ、ごめんなさい。竜さんを見ていたらお母さんを思い出して」

『そなた、母親はどうしたのじゃ？　人の世にはあまり詳しくないが、そなたが成人しておらぬのは妾でもわかるぞ。火の精霊様が妾のもとに人の子を連れてくるのも、よく考えればおかしな話であった』

気づかわしげにこちらの様子をうかがう竜さん。

そんな彼女を心配させないため、私は袖で涙をぬぐった。

「お母さん達は違う場所にいるの。私は精霊様達から試練を与えられることになって、気づいたらここにいたんです。ここがどこかもわからなくて、竜さんの鳴き声が聞こえたからとりあえずここまで来ました」

『なんと！　精霊様方の試練とな？　彼らの気まぐれにも困ったものよ。妾の愛しい吾子を試練に使うなど。だが、吾子が助かるのなら……』

「えっと、整理すると水属性の魔力しかダメで、でも竜さんには卵に注ぐ魔力がもうないってことですよね？」

『くっ！　はっきり言いよる。そうじゃ、その通りじゃ』

うっかり竜さんのプライドを刺激してしまったようだ。ごめんなさい。

でも、赤髪の精霊様がなぜ私をここに連れてきたのかようやくわかった。

「私の魔力じゃダメですか？」

『は？』

「私でよければ、卵に魔力を注がせてください」

◆◆◆

サラの様子を、精霊達は感心したように眺めていた。

『水竜の姿を見たら逃げるかと思ったけど、意外に度胸あんじゃん』

『悲鳴一つ上げなかったわね』

リードとティネが満足そうに頷く。

『ママを水竜に引き合わせるなんて！』

マーブルは鏡に映る映像を、信じられない思いで見つめる。

その横で、リードはこの試練を思いついた時のことを得意げに語り出した。

『俺は精霊王さんの気配がするちょっと前まで、あそこにいたんだ。水竜があそこに巣を作っていたことは知っていたんだが、卵を孵化させるには時間がかかりすぎているように感じてさ。理由を聞いたら、魔力が足りないせいで卵が孵化しないらしい。もって、あと数日だろうと言っていたよ。かわいそうな話だが、俺は火の精霊だからな。水竜の卵に魔力は注げないし、あとでアクアを連れていこうと思って、水竜に約束してやったのよ』

『わたくしに話す前に勝手に約束するなんて』

アクアはリードの勝手な行動を咎める。

『でも、お前なら助けてやるだろう？』

『それはそうですけれど……』

ニッと口の端を吊り上げるリードに、少し不満げなアクア。しかし、マーブルはそれどころではなかった。

『ちょっと！　それがママにどう関わって……まさか！』

マーブルはハッと気づいてリードを睨む。彼は飄々とした様子で言った。

『精霊王さんが称号を授けたんなら、魔力量は人並み以上にはあるんだろう？　その魔力を水竜のために役立ててもらおうかと思ってな』

『だからって、人の魔力量なんてたかが知れてるじゃないか！　お前達、最初から試練を乗り越えさせる気なんてなかったんだな！』

『まったくないわけではないぜ？　水竜も足りないのはあとほんのわずかだと言っていたしな。……まあ、竜の言うわずかがどれ程のものかはわからねぇけどよ』

『お前達……！』

『けれど不思議だわ。卵の件で水竜は気が立っているかと思っていたのに、人の子が近づいても怒るどころか普通に会話をしている』

アクアの言葉に、モスも頷く。

『確かに。リードが事前に話をしていたとはいえ、それが人だとは思いもよらなかっただろうにな』

水竜は意外にもサラの話に耳を傾け、火の精霊がサラを連れてきたと知ると、自らの悩みごとを打ち明けた。

そればかりか、水竜の命が長くないと知って泣き出すサラに、戸惑いつつも優しく言葉までかけている。

飛竜や陸竜といった下等な竜とは違い、高い知性を備えた属性竜はむやみやたらに人に危害を加えることはない。とはいえ、ここまで人の子に気を遣うなど、精霊達にとっては予想外のことだった。

『人の子が魔力を注ぐと言っているのを、どうやら水竜が反対しているようだぜ』

リードが言うと、アクアは首をかしげる。

『人の魔力など、水竜にとっては微々たるもの。でもこの状況なら、願ってもないことでしょうに』

『わたくし達としては好都合ね。このまま水竜が断り続けてくれたら、試練は失敗したとみなしていいんじゃないかしら？』

ティネの問いに、モスは首を縦に振った。

『それもそうだな』

精霊達は鏡の前に立ち、どちらにしても試練は失敗しそうだとほっと胸を撫(な)でおろす。

その様子を、マーブルは暗い目で見つめていた。

『ならぬ！』

「でも、このままじゃ竜さんの子供が！　それに、私はこの試練をどうしてもやり遂げる必要があるんです！」

このやりとりを何度繰り返しただろうか。

危険だからと断る竜さんに、そこをなんとかと頼み込む私。

竜さんが私を心配してくれるのはわかるけど、私にはどうしても引けない理由があるのだ。

『成人しているならまだしも、そなたはまだ成長中の身。満足な魔力量などないはずじゃ。それに、吾子は魔力に飢えておる。卵に一度手を触れれば、あるだけの魔力を吸い取られるぞ』

「それなら大丈夫です！　子供にしては魔力が多いって褒められたし」

『魔力が多いと言っても、子供にしてはということじゃろに。なんという頑固者じゃ』

目を閉じてやれやれとため息をつく竜さんを見て、私はチャンスとばかりに走り出す。

実は話している間も、私はじりじりと竜さんとの距離を縮めていたのだ。

『あ、これっ！』

竜さんが気づいて止めようとした時には、私は湖の中に飛び込み、竜さんの腕の中にある卵に触れていた。

『ママ!!』

サラが湖に身を投げる姿を見たマーブルは、たまらず精霊達を押しのけると、鏡の中に駆け込むのだった。

制止する間もない早業だった。

リードが勢いよく立ち上がる。

『ちっ！　娘っ子が無茶しやがって。アクア！　急いで俺達もあの場所に行くぞ』

『わかりましたわ』

まさかサラがあのように強行突破するとは思わず、精霊達にも動揺が走る。

場合によっては命の危険があるため、精霊達もマーブルに続いてサラのもとに向かう。

精霊達が到着した時、サラは卵を抱きかかえるようにしてぐったりとしていた。

水竜は前足でサラと卵を抱えたまま、心配そうに見つめている。

マーブルはサラのすぐ近くで『ママ、ママっ！　返事して』と必死になって呼びかけながら、サラの魔力を回復させようと手を尽くしていた。

『精霊王様……』

モスがぽつりと呟く。

マーブルの必死な姿とサラの青ざめた顔を見た精霊達からは、先程までのしてやったり感は消え失せていた。

『何？　ママ一人で解決させろとでも言うつもりっ⁉』

『いや、さすがにそんなことは言いやしねえよ。青のが代わるから、娘っ子を卵から引き離してくれ』

『できるのならとっくにしているよ！　ママにお願いしても聞いてくれないんだ。もしかしたら意識があまりないのかも』

『妾が、妾がちゃんと止めておれば。ああ！　人の子よ許しておくれ！』

『茶色の！　何か、何かいい手はないかっ！』

リードが声を荒らげた。

『……とりあえず、人の子は精霊王様に任せ、青のも卵に魔力を注いでやれ。必要な魔力が十分に与えられたら、水竜の子も娘の魔力をこれ以上吸収することはなかろう』

『すぐに！』

『ママ、他の奴に魔力を注いでもらうから、もう大丈夫だよっ！』

マーブルがサラに必死になって説明する。

すると、サラの瞼がピクリと動いた。

卵に手を触れた瞬間、すごい勢いで自分の魔力を吸われる感覚に襲われた。

体から力が抜ける感覚に、ついには立っていられなくなって、そのまま卵を抱きかかえるようにして足から崩れ落ちた。

『は、早う卵から手を離すのじゃ！』

「ダメっ！　約束したから、……頑張らないと」

竜さんが私のことを心配しているのはわかっていた。

でも、卵に手を触れた時に感じたのだ。竜さんの子供が、生きたいと必死に叫んでいるのを。

この子はまだ諦めていない。必死に生きようとあがき続けている。

私だってマーブルと一緒にいられる生活を諦めたくない！

一緒に頑張ろう？

心の中で呼びかけながら、魔力が抜けていく感覚に耐える。

――どのくらい経っただろうか？　数時間かもしれないし、もしかしたら数秒かもしれない。

ふいに体が楽になったように感じた。魔力がすぐに補充されていくような、不思議な感覚。

『ママ、ママっ！　返事して』

必死になって呼びかけるマーブルの声が聞こえた気がした。

『妾が、妾がちゃんと止めておれば。ああ！　人の子よ許しておくれ！』

竜さんの悲痛な声も聞こえ、もしかしたらこれは現実なのだろうかと考える。

『ママ、他の奴に魔力を注いでもらうから、もう大丈夫だよっ！』

その時、聞き逃せない言葉に一気に意識が覚醒した。

「だ……めっ」

『ママっ！』

目を開けると、心配そうにこちらを見るマーブルの姿が映る。

マーブルは、まだ精霊王様の姿のままだった。

「あと……少しなの。……だからっ」

『ママ、もういいからっ！』

「だい……じょうぶ。コツをつかんできたから」

さっきと違って、体調はぐっと回復していた。

もしかしたら、マーブルがそばにいることが影響しているのかもしれない。

「私は、まだ頑張れるから……。精霊様達に試練……は続けてと、言って……くれる？」

『でも！』

マーブルにこんな顔をさせるのはとても心苦しいけれど、本当にあともう少しなのだ。

現に、卵は先程とは違って脈打ち、グラグラと揺(ゆ)れ始めていた。

『ああ！　これは現実のことなのかっ』

「ほら、もう生まれる……」

竜さんが喜びの声を上げたのと、卵にひびが入ったのはほぼ同時だった。

ひびはどんどん卵全体に広がっていき、最後には内側から勢いよく殻(から)が破られた。

それと同時に、竜さんと同じ青色の鱗(うろこ)の子竜が、卵の中からころりと転がり出てくる。

『吾子(あこ)！』

「きゅい！」

竜さんの呼びかけに、元気よく答える子竜ちゃん。

私と子竜ちゃんは、見事にやり遂げたのだ！

『人の子よ！　ありがとう、ありがとうっ』

「きゅいきゅいっ！」

竜さんは先程とは違う歓喜の涙を流しながら、私にお礼を言ってくれた。

子竜ちゃんも、さっきまで命の危険があったとは思えない程元気に鳴いていて、こちらをキラキラした目で見つめてくる。

もしかしたら、さっきまで魔力を注いでいたのが私だって、わかっているのかも。

「私、竜さんの悩みを解決できましたか？」

魔力はほとんど子竜ちゃんに持っていかれたけれど、不思議と意識はしっかりしていた。

『解決できたとも！　このように晴れやかな気分になるのはいつぶりのことじゃろう！』

「よかったぁ！」

『妾の名はソフィアじゃ。人の子よ、そなたの名を教えてくれぬか』

「ソフィアさん……。私はサラです」

『サラか、いい名じゃ。吾子は、そなたにちなんでセイラと名付けよう』

「私の名前から⁉」

『そなたがいなければ吾子は生まれてこられなかったのじゃから、当然のことじゃ』

「きゅい♪」

『ほれ、セイラも喜んでおるわ』

こんな話、お母さん達に伝えたらびっくりしちゃうかも。お母さん達に話すのが待ち遠しい！

それとも無茶をしてって、怒られるかな？

でも、とにかく試練は終わったのだ。

「マーブル、お父さん達のところに帰ろう？　きっと、みんな心配してる」

『うん！』

竜さん達にお別れを告げ、さあ教会に帰ろうとしたところで、マーブルがピタリと足を止めた。その顔はたちまち不機嫌になる。

『……は？　試練は失敗って、どういうことだよ』

「え？　せ、精霊様達がそう言ってるの？」

『そうか、さっきの魔法は教会のあの一室にかけていたから、今のママはあいつらの姿を見ることも、声も聞くこともできないんだね』

マーブルの言う通り、今の私には精霊様達の姿を見ることはできなかった。

マーブルの姿はこうしてはっきり見られるのは、称号のおかげなのかな？

「さっきみたいに精霊様達と会話することはできる？　なんでダメなのか理由が知りたいの」

マーブルにお願いすると、渋々ながらも私の願いを叶えてくれた。

マーブルが私の体の前で軽く手を振ると、精霊様達の姿が見えるようになる。

精霊様達はなにやら気まずげにこちらの様子をうかがっており、叱られる前のマーブルの姿を彷彿とさせた。

『ママに、もう一度さっきの言葉を言ってみなよ』

『……もう、体の調子は大丈夫ですの？』

青髪の精霊様が、遠慮がちに聞いてくる。

『僕がママの体調を悪いままにしているはずがないだろう！　そうじゃなくてっ！』

マーブルはじれったそうに地団駄を踏む。

落ち着いて自分の体を見てみると、湖に飛び込んだはずなのにまったく濡れていなくて、魔力もいつの間にか回復していた。

もしかして、マーブルが魔法でどうにかしてくれたのかな？

茶髪の精霊様が重々しく口を開く。

『確かに、人の子は試練を成功させはした。だが、精霊王様の介入なしでは成功できなかっただろう。これが我々の見解です』

「そんなっ⁉」

精霊様達の言葉に目の前が真っ暗になる。

『よくやったとは思うぜ？　だが、娘っ子が一人で解決するって条件があっただろう。だから……』

赤髪の精霊様は、そう言って目をそらした。

確かに卵に魔力を注いでいた時、突然体が楽になるのを感じた。

きっと、それが精霊様の言うマーブルの介入だったのだろう。

そう考えると、自分一人の力で解決できたとはとても言えなかった。

落ち込む私の横で、マーブルが暗い声でぽつりと呟いた。

『……どっちにしろ、ママとの約束を守る気なんてなかったくせに』

「え？」

見ると、マーブルは精霊様達を睨みつけていた。

『お前達はママ一人の力で成功するとは、最初から思ってなかったくせに！　成功したらしたで認めない？　ふざけんなっ！』

『精霊王様、落ち着いてくださいまし』

青髪の精霊様がなだめるけれど、マーブルは一切聞こうとしない。

『確かに魔力の回復はさせたよ？　だけど、それはママの魔力が空になりそうだったからで、僕自身の魔力は一切卵に与えていない。精霊王たる僕の力を考えれば、こんなの助力したうちにも入らないのに！　ママの力のみでやり遂げたって認めてもいいじゃないか！』

「マーブル落ち着いてっ！」

マーブルの怒りは相当なもので、それを精霊様達にぶちまける。するとマーブルの怒りに連動するように、あたり一帯を激しい地震と強大な竜巻が襲った。

大地はひび割れ、木々がなぎ倒される。

開けた場所にいなかったら、倒れた木の下敷きになっていたかもしれない。

揺れる大地に立っていられず四つん這いになると、ソフィアさんが私の服をそっとつまみ上げ、セイラちゃんと共に揺れから守ってくれた。

「ソフィアさん、どうしよう？　マーブル、私の声も聞こえないみたいなの」

『吾子とそなたのことに必死で気づかなんだが、あの方は精霊王様だったのじゃな。いろいろと溜め込んでおったものがあるのじゃろう。すべて吐き出すまではあのままであろうよ。精霊様方が精霊王様の怒りを解いてくだされぱいいのじゃが』

マーブルを怒らせた張本人達に、怒りが抑えられるとはとても思えないんだけれど。

そもそも、本当に精霊様達は最初から私を諦めさせるつもりだったのかな？

でも、マーブルが私に嘘をつくとは思えないし、さっきの精霊様達のあの気まずそうな顔はマーブルの言葉が正しいと証明しているようなものだ。

チャンスがあると喜ばせておいて、手のひらを返すなんて！

今まで精霊様に畏敬の念を持って接していたのが、なんだか馬鹿らしくなってくる。

精霊様達がそういうことをするなら、私にだって考えがあるのだ。

十歳の人間の娘だからって、甘く見ていると後悔するんだからね！

『森が……』

「きゅう……」

ソフィアさんとセイラちゃんが、呆然としている。

あたりはいつの間にか破壊し尽くされ、無事なのはソフィアさんのいる湖のみとなった。

どうやら、マーブルが無意識のうちに私のいる場所は避けてくれているみたい。

でも、自分の住み処がボロボロになってしまったソフィアさんとセイラちゃんはしょんぼりしていた。

あとで、精霊様達に絶対に元通りにしてもらおう。

竜さんの手のひらから精霊様達に呼びかける。

「精霊様達、大丈夫ですかー⁉」

『これが無事に見えるのっ⁉』

金髪の精霊様は、怒鳴るように私の質問に答えてくれた。

精霊様達はマーブルを四方から取り囲み、結界を張って抑え込もうとしているようだと、ソフィアさんが教えてくれる。

『効果はあまり出ていないようじゃがの』

「でも、これって精霊様達の自業自得ですよね？」

『はんっ！　娘っ子が言うじゃないか』

心当たりがあるからか、強気な言葉とは裏腹に、赤髪の精霊様の表情は気まずそうだ。

「だって、マーブルはずっと精霊様達の言いつけを守って、私に命の危険があるまで手助けしなかったのに。精霊様達は最初から約束を守る気なんてなかったんでしょう？」

『で、ですがこれも世界のために……』

「その結果が今ですよね」

青髪の精霊様の言葉を、そう一蹴する。

『……人の子よ、何が言いたいのだ』

茶髪の精霊様がこちらを睨みつけるけど、もう怖くなんてないもんねっ！

私にだって、精霊様に言いたいことがいっぱいあるのだ。

「マーブルは人と関わりたかったと言ってました。自分だけが人と交わることを禁止され、寂しかったんです」

時空の狭間での生活がどんなものなのか、私には想像することすらできないけれど、孤独に世界の調整をし続けるマーブルを思い浮かべると涙が出てくる。

彼らはマーブルに再会した時、早く戻れと言うだけで、なぜマーブルが逃げたのか聞こうともしなかった。

茶髪の精霊様は、目を怒らせて私に反論する。

『愚かなことを、精霊王様が寂しさを感じるはずが――』

「愚かなのは精霊様達のほうです！　じゃあ、なんでマーブルはあんなにも私達と一緒にいたいと訴えていたと思うの？　寂しかったからじゃない!!」

やっと孤独を癒せたところなのに、どうしてまた孤独になろうとすると思うのか。

「マーブルはっ！　これからも私と一緒にいるんです！」

『ママ……』

いつの間にか地震はおさまっていて、マーブルがこちらを見ていた。

「さっきはすぐに反論できなくて、ごめんね。でも、マーブルは私が絶対守るから」

『うんっ』

マーブルの返事を聞き、すぐに精霊様達に向き直る。

怒りで自分の目が据わっているのがわかる。そんな私の様子に、怯え気味な精霊様達。

マーブルのように何かしたわけでもないのに、大袈裟な。

でも、これはたたみかけるチャンスかもしれない。

「さっきから黙って聞いていれば、皆さん自分の意見を押しつけて、マーブルのことなんてなんにも考えてないっ！」

『考えていないわけでは――』

「マーブルと会った時だってそう！　誰もマーブルに心配したの一言も言わないで、すぐに連れ帰ろうとするし」

『いえ。それはね――』

「マーブルはまだ生まれたばかりの子供なのに！　ちょっとくらい我が儘聞いてくれたっていいじゃないですかっ！」

『ですが、精霊王様は――』

「私が頑張って強くなります！　それに、私が亡くなるまで、マーブルが寂しくないようにたくさんかわいがります！　それなら文句ないんですよね！」

『いや、そういうことじゃ――』

「ねっ！」

『『『……はい』』』

反論は許さないとばかりに精霊様達の言い分をことごとくつぶしていく。ついには精霊様達が観念したように頷いた。

こうして私は無事に（？）、精霊様達の許可をもらうことができたのだった。

『サ、サラ？』

「あっ」

ソフィアさんに呼ばれ、我に返る。

いっけない！　つい怒りに身を任せて精霊様をお説教してしまった。

でも、マーブルとのことを認めてもらったのだから、結果的にはよかったのかな？

後悔はまったくしていない。……していないのだけれども。

ちらりと精霊様達を見ると、私と目が合うや否やびくっと肩を震わせて怯える。

あれー？　そんなに怖かったのっ？

精霊様達のあまりの怯えように、どう声をかければいいか迷っていると、後ろからマーブルに抱きつかれる。

実際には実体がないからか、まったく重さは感じなかった。

『ママ、すごく格好よかったよ！　魔力がぶわーってなってね。すごかったー！』

魔力がぶわー、ってなんだろう？　マーブルの言葉に首をかしげる。

『サラが精霊様方を叱っていた時、魔力が体から溢れ出て渦を巻いておったのじゃ。妾も驚いて、あやうくサラを落とすところじゃった』

ソフィアさんの手から落ちていたら、大怪我ではすまなかったかも。そう考えると、落とされなくてほっとする。

『精霊王様がそなたの魔力を回復させた影響かもしれぬな。人が本来持てる以上の魔力を身に纏っていたのに暴発することもなく、そなたが平然としておったのが精霊様達には恐ろしかったのじゃろう』

ソフィアさんの説明でなんとなくわかったような？

要は、私がマーブルの力を利用して精霊様達を怖がらせてしまったと。

……マーブルの力を利用するつもりはないと言っておいて、早速使ってしまうなんて！

精霊様達が復活した時に、何も言われないことを願うばかりだ。

『おや、別の精霊様がいらっしゃったようじゃ』

「え？」

ソフィアさんの言葉と同時に、湖の中から精霊様が姿を現した。

その青髪の精霊様には見覚えがあるような……あっ、ジークの精霊様だ！

『やっと、見つけた』

森の惨状に驚いたあと、私の姿を見つけてほっとした様子の精霊様。

どうやら今まで私の行方を捜してくださっていたらしい。

水の精霊様ということもあって、水のある場所を中心に捜索してくれていたそうだ。

そして、様々な場所を捜している中で、膨大な魔力の放出を察知し、ここに辿りついたわけだ。

『ジークも他の人間達も心配していましたよ』

気づけばお日様は傾き、夕刻といってもいい時間となっていた。

みんなが心配していると聞いて、早く教会に戻りたい気持ちが強くなる。でも……

『守役様達はあんなところで何を？』

湖の端で震えながら固まる精霊様達を、ジークの精霊様が不思議そうに見つめる。

「あー、ちょっとお説教が効きすぎてしまったみたいで。私と目が合うと怯えちゃうので、まともに会話ができなくて……。でも、マーブルの件は納得してくれました！」

『そ、そうなのですね。経緯はよくわかりませんが、それならば早く戻りましょう。私からも守役様達に話しかけてみます』

「いいんですか？」

『このままでは、いつまで経っても教会に戻れませんから。ジーク達も、サラ様の帰りを今か今かと待ちわびていることでしょうし』

ジークの精霊様に様付けで呼ばれるのは居心地が悪い。

「あの！　私のことはサラと呼んでください」

『私のような中級精霊が、精霊王様の母君を呼び捨てにするなど畏れ多いことです。敬称をつけることをお許しください』

残念ながら、丁寧な口調で拒否されてしまった。

でも、ジークの精霊様はすごく恐縮してて、これ以上は申し訳なかったので諦める。フェ様達の時で慣れてるしね。うん、いまさらだった。

『妾もサラ様と――』

精霊様との会話を聞いて、ソフィアさんまでそんなことを言うので慌てて止める。

「絶対やめてください！」

ソフィアさんに関しては断固として認めません！

『サラ様、守役様達のもとへ行かれる前に一つよろしいでしょうか？』

「なんですか？」

もしかして、ジークの精霊様もマーブルが私と一緒にいることに反対なんだろうか。

『私は精霊王様が人と関わることに賛成です』

考えが顔に出ていたのかな？

ジークの精霊様は慌てたように私の疑念を否定してくれた。

じゃあ、話したいことってなんだろう？

『守役様達が精霊王様をいさめるのは、それがお役目だからです。守役様達も精霊王様に無理を強いることは本意ではないのだと知っていただきたかった』

「そうなんですか？」

そんなふうには全然見えなかったけど。

『突然、精霊王様が行方知れずとなって、私達はとても心配していました。守役様方は特にです。そして今日ようやく再会することができて、心配していた分、きつく当たってしまったのでしょう』

そうだ。精霊様達は私がマーブルと一緒に暮らしている一年もの間、ずっとマーブルを心配して捜していたんだ。

ようやく見つけたと思ったら、帰らないと言われてショックだったのかな。

必死だったとはいえ、精霊様の反論を許さず一方的に責めるような言い方をしたのは、よくなかったかも。

それでも、マーブルと離れる気は毛頭ないし、精霊様から奪い取ったお許しを手放すつもりもない。

『では、少しの間お待ちください』

ジークの精霊様はそう言うと、精霊様達のもとに向かった。

『皆様、大丈夫ですか？』

いつの間にかやってきた精霊に声をかけられ、モスは我に返る。

先程までサラと話をしていたはずなのに、なぜか今は守役（もりやく）全員で身を寄せ合って震えていた。

『お前は？　我々はこんなところでいったい何を……』

『私は水の精霊のセヴィと申します。サラ様のお話では、精霊王様と一緒にいることを皆様がお許しになったとのことでしたが』

セヴィの言葉で、ようやく先程のことを思い出す。

そうだ、マーブルの怒りを抑えようと全員で力を合わせて必死になっていたところに、サラが能天気に話しかけてきたのだ。

思いのほか度胸のあるサラのせいで、モス達は大変な目にあったのだ。理不尽だとわかっていても苛立ちを抑え切れずにいたら、まさかこちらが説教されることになるとは。

マーブルの力を抑えるために膨大な魔力を使ったので、自分達が疲れていたのは事実。

だが、まさか人の子に、あのようにたやすく威圧されるとは思わなかった。

ただの人の子だと思って、甘く見ていた。マーブルがなぜサラに称号を授けたのか、もっと深く考えるべきだったのだ。

あの時、サラの魔力は彼女の体から溢れているようだった。

普段はあの魔力を体内に秘めているのだろうか？

あの膨大な魔力を抱えながら普通に生活するのは、人にとって非常に難しいことだ。

その異常さに恐怖を覚えた。

だが一方で、様々な色の魔力が混じり合ってサラの周りで巻く渦を、モスはきれいだとも思った。

恐ろしい程に美しい、と。

『彼女は本当に人なのか？』

思わず疑問が口から零れ出る。

『鑑定書では間違いなく人間でしたよ。人間にしては魔力が多いほうですが。サラ様は十歳ながら、魔力量が二〇〇もあるのです』

『思ったよりも少ないのだな』

セヴィが答えた数値は意外にも少なくて、不思議に感じた。

マーブルの称号が影響しているのだろうか？

考え込むモスに何を思ったのか、セヴィはサラがいかに素晴らしい才能の持ち主であるのかを語り始める。

『いえ、普通同じ年の人間は、多くても一〇〇もいかないくらいです。そう考えれば、十分に多いですよ。そもそも人間の魔力量はそれ程高くありませんので。サラ様は精霊王様の影響がなくとも、素晴らしい才能の持ち主です』

セヴィが手放しでサラを褒めるので、モスは不快な気分になった。

なぜそんな気持ちになるのかわからなかった。いや、わかりたくなかったのかもしれない。

そんな気持ちを隠し、サラへの賛美を垂れ流すセヴィの口を閉ざすため、まったく別の質問をする。

『お前は教会にもいたな。精霊王様の行方を知っていながら、なぜ伝えなかったのだ』

つい責めるような口調になる。そんなモスに、セヴィは動じることなく理由を語った。

『お伝えしなかったのは、私が加護を授けた相手が、この件に関して他言無用の誓約魔法をかけられていたからです。それがなくとも精霊王様に口止めされていました。私は中級精霊ですから、精霊王様のご命令には逆らえませんので』

ちらりとマーブルのほうを見るセヴィにつられて、モスも視線を向ける。

すると、不覚にもサラと目が合いそうになり、モスは慌てて目をそらした。

精霊には心臓がないはずなのに、なぜか胸が高鳴るのを感じる。

モスが戸惑っているうちに、ようやく他の精霊達も落ち着きを取り戻した。

『わたくし、未だに震えが止まらないの。こんなの初めてよ』

ティネはそう言うと、震える手のひらをみんなに見せる。

そんな彼女の顔はなぜか恍惚としている。モスは先程まで恐怖で震えていた姿はなんだったのかと、驚きを隠せなかった。

『はーっ、驚いたぜ！　精霊王さんに魔力を回復してもらったとはいえ、本調子じゃないだろうに、俺達を圧倒するとはな』

ティネに続いてリードまでも、サラに対して好意的な発言をする。

モスがなんのための守役(もりやく)かと眉をひそめていると、セヴィが好機とばかりにたたみかけてきた。

『精霊王様は普段は猫の姿をとっておられるので、その姿を維持するために膨大な魔力を必要とされるそうです。ですので猫の姿のままであれば、サラ様のそばにおられても問題ないのでは？』

『そうなの？　今まで見つからなかったのはそのせいなのね』

ティネは驚いたように声を上げた。それを聞いてセヴィが続ける。

『サラ様は精霊王様にいい影響を与えていると思います。魔法学校に通って、強くなると張り切っておられましたし』

『ふふっ。そういう向上心がある子って好きよ』

ティネは優しげに微笑んだ。

『……なあ、俺達の無茶ぶりな試練に関して娘っ子は、いや姐(あね)さんはなんか言ってたか？』

リードがセヴィに尋ねる。リードがサラの呼び方をなぜか「姐(あね)さん」にしたことに、モスは眉根を寄せた。

『何かとは？』

『ほらっ、あれだよ。まだ、怒ってたかな？』

『あっ！　わたくしも気になってたの！　謝れば許してくれるかしら？』

『いい加減にしろっ！』

マーブルのことはそっちのけで、セヴィにサラの話をねだるティネ達に、モスは苛立ちを抑えることができなかった。

『人の子の気持ちなど、今はどうでもよい！　大事なのは精霊王様のことだろう』

『わ、わかってるわよぅ』

『でも、姐さんに嫌われたままなのも、今後のことを考えたら、なあ？』

『アクアもティネとリードに何か言ってくれ』

自分だけではらちが明かないと、先程からずっと沈黙しているアクアに話しかける。

すると、アクアから驚きの発言が飛び出した。

『わたくし、あの娘に……いえ、サラ様に加護を授けたいと思いますの』

『アクアっ⁉　正気なのかっ』

『加護なんて！　わたくし達が守役に選ばれた理由を忘れたの？』

サラに対して好意的な発言をしていたティネとリードですら、アクアの発言を肯定することはできなかった。

『私達が精霊王様の守役に任命されたのは、実力ゆえだ。だが、人に称号を授けたことがないのも理由の一つ。精霊王様が人と交（まじ）われない以上、そばで精霊王様をお守りする我らが、人と関わることは許されない。加護を与えるのであれば、守役（もりやく）の任は解（と）かれることになるのだぞ』

モスが脅迫めいた発言をしても、アクアの決心を変えることはできなかった。

『わかっておりますわ。けれど、サラ様は自分の身を顧（かえり）みずに、私と同じ属性である竜の親子を助けてくださいました。本来ならわたくしが助けなければいけなかったのに、です。それに、サラ様に精霊王様の気持ちを考えたことがあるのかと言われた時、打算ばかりの自分が恥ずかしくなりましたの』

アクアはリードから試練の話を聞いた時、これでサラは諦（あきら）めてくれるだろうと真っ先に思ったと言う。

親竜が涙を流して悲しむ様には胸が痛んだが、あとで自分が助ければよいと見ないふりをした。

そんなアクアとは対照的に、サラは自分を二の次にして水竜の親子のため、マーブルのためにと必死で試練に立ち向かった。

そんなサラの姿に心打たれたらしい。

きっとサラは、自分がマーブルと一緒にいたかったからしただけだと言うだろう。

それでも、果たしてどのくらいの人が、そのために命を懸けることができるだろうか。

サラはこれからも無茶をすることだろう。

そんなサラをそばで支えてあげたいと、アクアは言うのだ。

『精霊王様は人の世では猫の姿に擬態していらっしゃるので、精霊王としての力をお出しになれないとか。でしたら、わたくしが力になれると思いますの。もし断られたとしても、何度だってお願いするつもりですわ』

モスは声を荒らげる。

『では、アクアも精霊王様が人の世で暮らすことを認めると言うのかっ。神との約束を忘れ、のうのうと暮らすのを認めろと⁉』

『世界の調整というお役目を放棄してもいいとは申しておりませんわ。けれど、お役目のためにずっとあの場所にいなくてもいいのではないでしょうか？　精霊王様は必要な時にあの場所に戻って、それ以外はサラ様と過ごす。それでよいじゃありませんの。人の子の寿命などあっという間なのですから……せめて限りある時間の中で一緒に過ごすことを、許してあげませんか？』

モスの剣幕にもひるむことなく、アクアはなおも訴える。

『精霊王様が無茶をしないように、わたくしがそばで見守っておりますわ。ですから……』

『……もういい』

『モス？』

リードが心配そうな表情でモスを見る。

人の寿命は、精霊にとって一瞬に感じる程短い。それを思い出し、モスは先程までの勢いがそがれるのを感じた。

『すでに我らは一度認めると明言している。ここでどうこう言おうと、結局は認めるしかないのだ』

モスの突然の心変わりに驚いたのはリードとティネだった。

『アクアが加護を与えるのも認める気かよっ』

『あの様子じゃあ、精霊王様がお許しになるはずがないわよ。それに、守役(もりやく)の任はどうするの？』

二人とも口ではアクアに反対しつつも、本音ではアクアだけずるいと思っているのは明白だった。

しかし、彼らはさんざんサラやマーブルにひどいことをした。しかもアクアと違ってそれを楽しんでさえいたので、いまさらサラに加護を授(さず)けたいとは言えなかった。

『精霊王様を野放しにするわけにもいかぬ。守役(もりやく)の任はそのままで、アクアを監視役にするのが妥当だろう』

　モスは仕方がないと、二人の反対意見にこう答えた。

　モスにも二人の気持ちは十分すぎる程にわかっていたが、強すぎる責任感が、衝動で動くのを良しとはしなかった。

　何かあった時のことを考えれば、守役(もりやく)のアクアがマーブルのそばにいるのはとても心強いことなのだと、モスは自分自身を納得させる。

　今回マーブルが暴走した際、マーブルはサラを守ったが、次回もそうだとは限らない。

　サラを守る存在は必要だ。

　モスは自分がいつの間にかマーブルではなく、サラのことを中心に考えていることに気づかなかった。

『そう、ね。精霊王様にもそれぐらいの不自由は覚悟してもらわないと』

　まとめ役のモスにそう言われてしまったら、ティネ達も引き下がるしかなかった。

『みんな、ありがとうっ』

『しかし、このままなんの制約もなしで認めるわけにはいかん。いくつか条件を考えなければ』

『わかっていますわっ！』

喜ぶアクアとは対照的に、他の精霊達の表情は暗い。

素直になれないアクア以外の精霊達の様子を、セヴィは痛ましげに見つめるのであった。

守役（もりやく）の精霊様達は、ジークの精霊様と共に私のもとへやってきた。

何度か言い合いになっていたけれど、最終的には一度教会に戻ることを了承してくれたようだ。

ジークの精霊様が言うには、ここはラーミル王国ではない別の国らしい。

マーブルが起こした騒動に気づいて、この国の兵士が様子を見に来る前に急いで帰ることにする。

その前に精霊様達の手によって、ひび割れた大地は元通りに、倒れた木々は丸太に加工された。

新しい木を植えるのも忘れなかった。

これで一安心だ。

精霊様達にお礼を言うと、青髪の精霊様からは『水竜の親子を助けてくれてありがとうございます』と逆にお礼を言われてしまった。

他の精霊様達も、一瞬だけ私に笑顔を見せてくれたような気がする。すぐにしかめっ面に変わってしまったので、気のせいかもしれないけど。

森の修復にはまだ時間がかかるようだったので、守役（もりやく）の精霊様達を残して私達だけで先に戻ることとなった。

精霊様達が姿を見られることはないけれど、ただの人間である私は見つかるかもしれないし、遠くの国から子供一人で来たことがバレたら大変なことになるもんね。

ソフィアさん達も兵士に見つかるのは遠慮したいので、しばらくの間は別のところに身を隠すそうだ。

『ラーミル王国か。確かあそこにもよき湖が……』と言っていたから、もしかしたらソフィアさん達とは早いうちに再会できるかもしれない。

『じゃあ、ママ、行こう！』

マーブルが一瞬でサーズ町の教会に連れていってくれると言うので、お言葉に甘えることにする。

「ソフィアさん、セイラちゃん。どうかお元気で！」

『そなたもな。またいずれ会おうぞ』

「きゅい！」

ソフィアさん達にお別れを告げ、私達はその場をあとにした。

「「サラっ」」

教会に戻ると、すぐにお父さんとお母さんに抱き締められる。お母さんはたくさん泣いたのか、目が真っ赤になっていた。

「無事でよか……っ！」

お父さんはそれ以上言葉にならないようだ。

「服が泥だらけだわ！　怪我は？　怪我はしていない？」

お母さんは涙をポロポロ零しながら、私の全身をくまなくチェックする。

ジークはそんな私達の様子を、精霊様と一緒になって優しい目で眺めていた。

マーブルの張ってくれた結界はまだ有効なようで、精霊様達の姿は見えている。

フェ様と副神官長様は、教会の神官様と共に私を捜索してくれているらしく、この場にはいなかった。

日が暮れた時点で一度戻ってくると言っていたそうなので、その時に必ずお礼を言おう。

「セヴィ様、サラを見つけてくださってありがとうございました」

『元はと言えば、我ら精霊の騒動に巻き込まれたようなものだ。お前が礼を言うことではない。湖の近くにいたおかげで、すぐに見つけることができたしな』

ジークが精霊様にお礼を言っているのが聞こえて、そういえば私はまだお礼を言っていなかったことに気づく。

私を捜しに来てくれて、守役の精霊様達と話までしてくれたのになんてことだ！

お父さん達に一言声をかけてから、私は精霊様とジークのもとへ駆け寄った。

「ジーク、精霊様！」

「サラ、無事でよかったです」

ジークがにっこりと微笑んでくれる。

「心配かけてごめんなさい。精霊様もいろいろとありがとうございました」

『いいえ、私の力など微々たるものです。それに……』

精霊様が言いにくそうに、途中で言葉を濁す。

どうしたんだろう、先程守役の精霊様達とお話ししてくれた時に何かあったのかな？　精霊様達は一瞬だったけれど私に笑顔を見せてくれたし、別れた時も何も言っていなかったので、約束を守ってくれると安心していたんだけど……やはり不満に思っているとか？

不安になりながらジークの精霊様の話を待つ。

しかし、話の続きを聞くことは叶わなかった。

『あとは我々が話をしよう』

守役の精霊様達が戻ってきたのだ。

どうやら、森の修復は完了したようだ。

茶髪の精霊様に言われて、ジークの精霊様は申し訳なさそうにこちらを見たあと身を引く。

……とてつもなく嫌な予感しかしないのだけれど、大丈夫かな？

お父さんは守役の精霊様達の登場に、さっと私を庇うように抱きかかえた。

私が連れ去られないように守ってくれているようだ。

その時、扉が壊れるんじゃないかという勢いでノックされる。

フェ様達が帰ってきたみたい。

「『よかった！』」

フェ様達は私の姿を見るなり、安心したように床にへたり込んだ。

フェ様達にも相当な心配をかけてしまったようで、申し訳ない。

「心配かけて、すみませんでした」

「いいえ、ご無事ならいいのです。精霊王様達がここにいらっしゃるということは、試練は無事に終わったと思っていいのですか？」

「えーと、それがですね」

みんなにどう話せばよいのか悩む私に、茶髪の精霊様が再び『私が話をしよう』と言う。

少しでも不穏なことを言ったら、さっきの返事を盾に脅しちゃうからね。

『試練は、無事と言っていいのかはわからぬが終了した』

よからぬことをたくらむ私をよそに、茶髪の精霊様は淡々と話し始める。

茶髪の精霊様の微妙な言い回しに、私が倒れたことまで話すつもりではないかと心配になる。けれど、精霊様はそれ以上試練について詳しい話をすることはなかった。

『彼女が、精霊王様といることを認めよう』

ただ一言、そう言ってくれた。

「なんと！　サラ様、おめでとうございます」

「サラ、頑張ったな」

「一人の力で、本当にすごいわ」

フェ様、お父さん、お母さんが順番に褒(ほ)めてくれる。

「あ、ありがとう」

一度裏切られた私は、残念ながらみんなのように素直に喜ぶことができなかった。

それはマーブルも同じなようで、一緒になって精霊様達を胡乱(うろん)げに見てしまう。

『ただ、いくつかの条件を呑んでほしい』

案の定、茶髪の精霊様はそう言ってきた。

もしかして、これがジークの精霊様が言いづらそうにしていた件だったのかも。

試練の時のように、また無理難題(むりなんだい)を突きつけられるのか。

私とマーブルの体に緊張が走る。

『過去に例のない事態を許すのです。こちらとしては、危険を冒(おか)したくない。そのための措置(そち)だと理解していただきたい』

確かに、茶髪の精霊様の言い分も納得できる。それに条件を呑めば許してくれると言うんだから、悪い話ではないのかも。

「その条件を呑めば、許してくれるんですよね」

『必ず』

私と目が合ってもそらすこともなく、真剣な表情で頷く茶髪の精霊様。

さっきまでとは違う様子なので、もう一度信じてみようと思った。

「ちなみに、条件ってなんですか？」

だけどさっきのことを許したわけではないので、返事をするのは詳しい話を聞いてからだ。

『一つ、精霊王様は世界の管理を今までと同じように行うこと。二つ、一月に一度は住み処に戻ること。三つ、人の世にいる間は猫の姿のままでいること。四つ、我々がサラ殿に加護を授けるのを許すこと。以上の四つです』

「ん？」

『へ？』

条件の三つ目まではどれも予想できたことだったので、普通に話を聞いていた。けど、四つ目の条件の意味がよくわからなくって、思わず疑問の声が漏れる。

『何か質問が？』

「あの、四つ目の条件は必要なんですか？」

『そうだよっ！　せっかくママに群がってた精霊達を蹴散らして、僕だけのママにしたのに。なんでお前達をママの精霊にしないといけないの！』

マーブルが精霊様達に食ってかかるけれど、茶髪の精霊様は平然と答える。

『何も我々全員が加護を与えるとは申しません。しかし、先程のように彼女の身に何かあれば、精霊王様が躊躇することなく力を解放するのは明らかだ。違いますか？』

『そ、それは……』

マーブルはごにょごにょと口ごもった。

まさに茶髪の精霊様の言う通りだと、さっきの森で証明してしまっている。これにはマーブルも反論することができなかった。

『そのせいで、この世界が滅びてしまったらどうするのですか？　そうならないよう我々がサラ殿をお守りし、もしもの時には精霊王様の力をすぐに抑えられるよう尽力いたします。この条件を呑んでいただけなければ、こちらも許可することはできません。さぁ、どうされますか？』

マーブルは最後まで反対してたし、私も必要ないんじゃないかと訴えた。

だけど、精霊様達は誰も聞き入れてはくれない。

『わたくしはサラ様のお役に立ちたいのですわ。精霊王様は猫の姿の時、サラ様とはお話しできないのでしょう？　わたくしが通訳させていただきますわ！』

どうやら、青髪の精霊様が私に加護を授けるつもりでいるらしい。

青髪の精霊様がキラキラした瞳で見つめてくる。

他の精霊様達は、これ以上は妥協しないと言わんばかりの態度だ。

結局私達は、その条件を呑むしかなかった。

「わかりました。条件を呑みます」

『……わかったよ』

私とマーブルが了承すると、青髪の精霊様から頬にキスされる。これで加護を授けてもらったことになるんだって。

精霊様のきれいな顔を間近で見てドキドキしていたら、すぐにマーブルに引き離された。

私と青髪の精霊様の近すぎる距離に、マーブルがやきもちを焼いたようだ。マーブルはぎゅっと私にしがみついて離れようとしない。

そんなマーブルに、茶髪の精霊様が話しかける。

『では早速ですが、精霊王様。よろしいですか?』

『本当に帰らなくちゃダメ?』

『一年も行方をくらませていたのですから。一度住み処に戻っていろいろと片付けていただきませんと』

「えっ？　今すぐ戻るの？」

そう言った私に、青髪の精霊様が事情を説明してくれる。

なんでも、マーブルは猫の姿の時も世界の管理はしてたらしい。だけど、守役の精霊様達に見つからないよう、ごくごく最小限の調整にとどめてたんだって。

それでは後々影響が出てくる可能性があるので、一度住み処に戻って本格的に調整する必要があるみたい。

そのまま戻ってこなかったらと心配だったんだけど、調整が終わったら必ず私のもとに戻してくれるって、精霊様達は約束してくれた。

『じゃあ、先に結界を解除するね』

マーブルがそう言ったと同時に、部屋に魔法陣が浮かび上がる。

魔法陣は初めて見た時程強くは光らず、一瞬で消えた。

部屋に張られていた結界が解除されたことで、マーブルと青髪の精霊様以外の精霊様達は見えなくなる。

マーブルが前もって声をかけてくれていたとはいえ、さっきまで確かに見えていた精霊様達の姿が一瞬で消えてしまったのにはびっくりした。

『サラ様』

青髪の精霊様は私に声をかけたあと、私の前で膝を折る。

「えっ⁉　ど、どうしたんですか」

『わたくしはアクアエと申します。よろしければわたくしのことはアクアとお呼びください。どうぞ末永くよろしくお願いいたします』

慌てる私をよそに、アクア様は両手を胸の前で重ねると、自己紹介をしてくれた。

精霊様にとって名前を明かす行為はとても重要らしく、魔法陣が解除されるまで待っていたそうだ。

愛称は問題ないけど、正式な名前は絶対に人のいるところでは呼ばないでほしいとお願いされた。自分の認めた相手にしか知られたくないんだって。

結界を解除したマーブルが、再び私にぎゅっとしがみついて見上げてくる。

マーブルとのお別れの時がいよいよ迫っていた。

『ママ、行ってくるね』

「気をつけてね。マーブルが帰ってくるの、待ってるから」

『うん！　一日で帰ってくるからっ』

『精霊王様、さすがに一日では無理ですわ。五日はいただかないと』

『えーっ！』

アクア様の言葉に、マーブルはがっかりする。

私もそんなに長い間マーブルと離れるとは思っていなかったので、とても寂しい。

『今回は五日間ですが、今後は一月に一日程度ですみますから』

『うー、わかったよ』

マーブルと最後にぎゅっと抱き締め合って、お別れの挨拶をする。

『サラ様、精霊王様、それではそろそろ……』

これで本当にマーブルとは一時のお別れだ。アクア様以外の守役の精霊様達とは今後会うことはないだろう。

きっと精霊様達の中で、私の印象は最悪だろうな。

なにせ、精霊様達をお説教して、なかば強引にマーブルのことを認めてもらったようなものだもん。

条件つきとはいえ、精霊様達が認めるのは本当に葛藤があったと思う。

せめて最後は笑顔で見送ってあげたい。

マーブルに精霊様達のいる場所を聞いて、精霊様達にもお別れの挨拶をする。

「マーブルのこと、許してくれてありがとうございました。私、精霊様達が安心できるようにたくさん勉強して頑張ります！　だから、私達のこと見守っていてください」

精霊様達がいるであろう場所に向かってそう宣言する。

もう姿も見えず声も聞けないので、精霊様達が私の決意表明を聞いてどう思ったかはわからない。

でも、これだけはどうしても言いたかったのだ。

すると、そんな私と精霊様達を交互に見たアクア様が、精霊様達に向かってなにやら気になる発言をする。

『……素直になることも大切ですわよ？　わたくしからの助言は以上ですわ』

素直になるってどういうことだろう？

でも、アクア様はそれ以上何も言わなかった。


『じゃあ、行ってきまーすっ』

マーブルはそう言うと、元気よく出かけていった。

「マーブルは行ってしまったの？」

「うん。守役(もりやく)の精霊様達と一緒に。五日間は戻ってこられないんだって」

マーブルがそばにいないのがもうすでに寂しい。これがあと五日間かぁ。

しょんぼりしていたら、お母さんが頭を撫でてくれる。

素直に撫でられていると、なぜかアクア様が私を凝視していた。

なんでかな？　アクア様を見ながら首をかしげる。するとその時、ジークから声をかけられた。

「そちらに精霊様がいらっしゃるんですか？」

「あ、はい。青髪の精霊様が。名前はアクア様というそうです」

私はみんなにも位置がわかるように、アクア様のほうに手を向ける。

『よろしくお願いいたします』

みんなからは姿が見えないのに、アクア様はみんながいるほうに向かって挨拶をしてくれた。

律儀な精霊様だなぁ。

「アクア様がよろしくって」

「こちらこそ、娘をよろしくお願いします」

「よろしくお願いいたします」

お父さん達も精霊様達にはいろいろと思うことがありそうだけど、それは表に出さずにアクア様に頭を下げた。

『サラ様、わたくしのことはアクアとお呼びくださいませ』

「えっ、でも」

ジークの精霊様の口ぶりからも、アクア様が精霊様の中で偉い立場だということはわかる。

そんなアクア様を呼び捨てになんてできるわけがない。

『精霊王様を差し置いて、サラ様に様付けされるなど畏れ多いことですわ。ぜひ、アクアと』

「……わ、わかりました」

縋るような目で見つめられ、断りきれずにアクアと呼ぶことになった。

アクアはすごく嬉しそうで、それだけでなんだかいいことをした気になる。

守役の精霊様達とはあまりいい出会いではなかったけれど……過去のことは水に流して、せめてアクアとはいい関係を築けたらいいな。

そう思って私のことも呼び捨てで呼んでもらおうとしたんだけど、残念ながら聞いてもらえなかった。

『サラ様はサラ様ですから』と笑顔で断られてしまったんだよね。くすん。

「しかし、本日中に精霊様達を説得できるとは思いませんでしたね。精霊様の試練とはいったいどんなものだったのですか?」

「えっと……」

フェ様に聞かれて、言葉に詰まる。

そんな私に、アクアが正直に話してよいと言うので、精霊様に連れ去られていた間のことを話す。私が属性竜のソフィアさんに会ったと言うと、みんなすごく驚いていた。

他にも、卵に魔力を注いでいるうちに意識が飛んでしまった話や、マーブルが助けてくれてなんとかセイラちゃんを誕生させることができた話をする。

私の話にフェ様は瞳をキラキラさせて聞き入り、お母さんはまた泣いてしまった。

精霊様達に試練は失敗だと言われた話では、お父さんが怒って立ち上がり、ジークになだめられていた。

そのあとで、マーブルが精霊様達に怒って森をめちゃくちゃにした話をしたら、お父さんは青ざめてしまっていた。

「それで、強情っぱりの精霊様を叱りつけたら、意外にもすぐにマーブルのこと許してくれたんだよ」

「サラ、お前……精霊様を叱りつけたのか?」

お父さんは目をまん丸にしている。

「うん。あとからジークの精霊様に、マーブルが心配だったからだとは教えてもらったけれど、その時はマーブルのことなんて少しも考えてない頭でっかちな精霊様達だと思ったから。……ごめんなさい」

『いえ、サラ様が精霊王様のためにしたことだとわかっておりますから。それにとてもいい経験になりましたわ』

さすがに言いすぎたかなと反省したけれど、アクアは全然気にしていないみたい。

そのあと、マーブルは暴走しながらも私に怪我がないよう気にかけてくれたことや、精霊様達がちゃんと森をきれいに戻したことも忘れずに伝える。それを聞いて、みんなほっとしていた。

「しかし、精霊様がサラ様に加護を授けてくださるとは。驚きましたが、結果的にはよかったですね」

「そうですか？　加護持ちを見つけたら、国に報告しなければなりません。私にはとてもよかったとは思えませんが」

アクアのいるほうを気にしつつ、副神官長様がフェ様に自身の考えを伝える。

「む。そうか、下手したら効果のわからない母親の称号よりも、加護のほうが貴族共の注目を集めるかもしれんな」

「はい。サラ様に取り入ろうと、貴族の皆さんが群がってくるのが目に浮かびます」

副神官長様は、フェ様に答えつつため息をついた。

「では、このことも秘密にしたほうがいいですか？　でも、報告義務があるんですよね？」

お父さんが心配そうにフェ様達に聞いてくれる。マーブルの件が解決したと思ったら、まさか別の問題が出てくるとは。

フェ様は少し考えたあと、首を横に振る。

「いえ、この加護の称号については報告しましょう。王立魔法学校に入るには能力もですが、称号が必要になります。サラ様は精霊王様からの称号以外は何もありませんから、こちらで適当に書き加えるつもりでした。ですが、その場合はサラ様の能力と称号の整合性がとれるか疑問があります。鑑定書を書き換えることはできても、サラ様ご自身の能力を誤魔化すことはできません。サラ様の能力の高さはすぐに周知のこととなるでしょうから。それに言い方は悪いですが、精霊王様の存在を隠すのに、加護の称号はいい隠れ蓑になりますしね」

確かにフェ様の言う通りかも。

他の称号持ちの人がどのくらいの能力を持っているのかわからないし、悪目立ちしないように自分の力を調整するのは難しい気がする。

それに、私はお祖父様に会うために王立魔法学校に入るのだ。優秀な成績をとらなくちゃいけないのだから、もちろん全力を出すつもり。そうなると確実に悪目立ちするよね。

「それに加護持ちとなれば、私が後見人になってもなんら不思議ではない。校長に頼もうと思っておりましたが、必要なさそうです。貴族共は私が牽制しましょう。問題は国王陛下との謁見ですね」

「謁見……？」

私が首をかしげたのを見て、副神官長様が説明してくれる。

「加護持ちの人は、必ず国王陛下に謁見しなければなりません。とはいえ、セレナ殿達は王都に来るのはおやめになったほうがいいでしょう。そうなると、サラ様お一人で国王陛下にお会いすることになります」

それに、フェ様が付け加えた。

「謁見の際には私がサラ様に付き添おう。それとは別に、国王陛下がサラ様に興味を持ちすぎないよう、何か手を打たなければならないな。さて、どうしたものか」

国王陛下が興味を持つと、それだけで貴族から注目されてしまうらしい。

そんな説明を聞いていると、アクアが話しかけてくる。

『この国は、ラーミル王国でよろしかったでしょうか？』

「はい。そうです」

アクアは私の返事に表情をぱっと明るくした。

『それでしたら、わたくしがお役に立てると思いますわ。この国の王族を寵愛している精霊を知っておりますの』

「……寵愛？」

つい最近、どこかで聞いたような気がするけど、よくわからなくて首をかしげる。

アクアは寵愛について詳しく教えてくれた。

『寵愛というのは、加護よりもさらに上位の称号ですわ。持っているすべての力を捧げたいと思う相手に与えるのです。わたくしも本当はサラ様に寵愛を与えたかったのですのよ？　けれど、精霊王様がお許しにならないと思ったものですから。とても残念です』

「そ、そうなんですか？」

アクアはとても残念そうだけど、私は逆にほっとする。

マーブルに感謝しなくちゃ。これ以上目立ちたくないもの。

『確か、この国を建国した王を寵愛していた精霊が、今もその血を引く者達に寵愛を与えていたはずですわ。本来の寵愛とは少し違いますが、個人というより、血族に与えているのでしょうね』

「加護は一人の人にしか与えられないって聞きました。それよりすごい寵愛だったら、それも一人にしか与えられないいんじゃないんですか？」

『普通はそうですが、何事にも例外はありますから。とても特殊なケースではありますけれど。その精霊に命じて……こほんっ。お願いして、現国王がサラ様に余計な関心を持たないようにうまく誘導してもらいましょう』

……今、命じてって言いかけなかったかな？　でも、そこははっきりさせないほうがよさそうなので、忘れることにする。とりあえず、なんとかなりそうってことだよね！

「サラ様？　精霊様が何かおっしゃっているのですか？」

フェ様に話しかけられて、まだ話の途中だったことを思い出す。慌ててみんなを見ると、なぜかジークの顔が青ざめている。

もしかして、私達の会話を精霊様に教えてもらったのかな？

ジークがあんなに青ざめるなんて、もしかして私が聞いちゃいけない内容だったのかも！

って、そうだ！　フェ様が寵愛について私に説明しようとした時、副神官長様に怒られていたんだった！

そのあとでいろいろありすぎて、すっかり忘れてたよ。

「えっと。あの……」

でも、いまさら聞かなかったふりができるわけがなく。

みんなに話していいのかわからず、ジークの顔を見て言葉を詰まらせた。

そんな様子に気づいたフェ様が、ジークに話しかける。

「ここでは話さないほうがいい内容なのか？」

ジークはしばらく悩んだあと、観念したように話し始めた。

「いえ。どちらにしても謁見に備えて、話し合いは必要です。ご両親もご心配でしょうから、僕のことは気にせずにどうぞお話しください、サラ」

「は、はい」

ジークに言われて覚悟を決める。

「アクアが言うには、王族を寵愛している精霊様を知っているのだそうです。なのでその精霊様に、国王様が私に関心を持たないよう誘導してほしいとお願いするって言ってました」

「なんとっ！」

私の言葉に、フェ様はすごく驚いている。

副神官長様に至っては、目を真ん丸にして言葉も出ないようだ。

お父さん達は私と同じで、あまり理解できてないみたい。寵愛なんて称号、聞いたことないもん。それが普通だよね。

「精霊様は我が国の精霊様とお知り合いでしたか。どんな方なのでしょうか？」

フェ様もお会いしたことがないらしい。

そういえばジークの精霊様の姿を見た時、精霊様に会うのは初めてだって言ってたっけ。

「あれ？　でも、神官長様は王族なわけだから、寵愛の称号を授かっているんじゃないんですか？　どうして精霊様にお会いしたことがないんですか？」

「はぁ。直系の王族はそのお姿を見ることができるはずなんですが、不思議ですよね？　まったく心当たりはないのですが、嫌われていたのかもしれません」

そう言ったフェ様は、とても寂しそうだった。私ったら、悪いこと聞いちゃった。

何か話題を変えなくちゃっ！

「えっ、えっと、神官長様も称号があるんですか？　好意持ちとか！」

「今はありませんね」

「今は？」

「寵愛を授かるのは直系の王族のみです。私も以前は寵愛を受けていましたが、今は王族を離れましたので、称号もなくなりました。寵愛を受けていてもお姿を見られませんでしたし、今後も精霊様にお会いすることは叶わないでしょう。好意持ちの称号もいただけないので、やはり精霊様に嫌われているのです……」

話題を変えたつもりが、またフェ様をしょんぼりさせてしまった。

私のバカ、バカっ！

「あ、あの……」

「ああ。サラ様を困らせるつもりはなかったのですが、申し訳ありません」

「こちらこそ、ごめんなさい。私、考えなしで聞いてしまって」

「いえ。気になるのは当然ですよ」

「でも……」

「もう過去のことです。それに、今回は複数の精霊様にお会いすることができて、とても嬉しかったのですよ。年甲斐もなくはしゃいでしまいました。サラ様には感謝しかありません。ありがとうございます」

申し訳なくて落ち込んでいると、フェ様からお礼を言われる。

そんなフェ様に何かしてあげたくて、私は決めた。

国王陛下に謁見する時、なんでフェ様と会わなかったのかって、アクアから精霊様に聞いてもらおう。

理由がわからずに会ってもらえないのって、絶対に気になるもん。

ひどい理由だったらフェ様に言うのはやめておけばいいし、もし精霊様に事情があったのならそれを教えてあげよう。

嫌われてたわけじゃないんだよって。

「さて、話を戻しましょう。国王陛下の説得はアクア様がしてくださるということですね？」

一人で決意をしていると、フェ様がアクアのいるほうに向かって言った。

『はい。そのかわりと言ってはなんですが、少しお願いがございますの』

精霊様からのお願いなんて、いったいなんだろう？

私達では叶えられないようなお願いじゃありませんように！

心の中で祈りながら、フェ様にアクアの言葉をそのまま伝える。フェ様は頷いた。

「私達に叶えられることであれば」

『それは大丈夫ですわ。わたくしがお願いしたいのは、サラ様の鑑定の件ですの』

アクアのお願いは、私の鑑定結果を書き換えるのを、しばらく待ってほしいということだった。

「ですが、学校に入学するには鑑定結果が必要でして……」

『ほんのしばらくの間でかまいませんの。そうですわね……あと二週間程待っていただけないかしら？』

アクアの言葉をフェ様に伝えると、フェ様は不思議そうな顔をしながらも首を縦に振った。

「まあ、そのくらいでしたら」

『よかったわ！　確か人の世には、能力を鑑定できる魔道具がありましたわね。二週間後にもう一度その魔道具で、サラ様の鑑定を行いましょう！　書き換えるのはそのあとですわ』

……というわけで、私は二週間後にまたサーズ町の教会に来ることになった。

アクアはお願いが聞き入れられて嬉しそうだ。

『そうと決まれば、王の件はお任せくださいませ！　わたくしがラブュにしっかりと〝お話し〟しますわ。もし王が欲をかいてサラ様に手を出すようなら、その時は……』

優しい笑顔なのに、アクアがとても怖い。思わず体が震えてしまう。

それに気づいたアクアが、慌てて私の頭を撫でる。

『こんなに震えて、かわいそうに。大丈夫です。わたくしが絶対にサラ様をお守りいた

しますわ』

アクアは、私が国王様に怯えていると思ったらしい。

最初は心配そうに、そのあとはなぜか嬉しそうに私の頭を撫でてくる。

実体はないから、正確には撫でているふりだけど。

「……国王陛下の身の安全のために、フェビラル様もしっかり気を引き締めてくださいね」

アクアの言葉を精霊様から聞いたらしいジークは、青ざめた顔でフェ様に言う。

「もちろんそのつもりだが、大丈夫か？　先程よりもさらに顔色が悪いようだが」

アクアの声が聞こえないフェ様は、ジークを不思議そうに見る。

私はそんな二人を横目に見ながら、アクアにひたすら頭を撫でられるのであった。

ふと気づくともう日が落ちていて、明かりのついていない部屋は薄暗くなってきた。

「おや、もうこんな時間か。今日はここまでにしましょう。明日は王立魔法学校の説明をしますね。夕飯は部屋に用意をさせます」

フェ様の言葉で、お開きとなった。

「今日はいろいろとありがとうございました」

お父さん達と一緒に部屋を出る前に、フェ様達やジークにお礼を言う。

「いえ、今日一番の功労者はサラ様ですから。それに、大変なのはこれからです。みんなで力を合わせて頑張りましょう」

「「「はいっ」」」

こうして、波乱に満ちた精霊様問題はなんとか解決したのだった。

「ところで、皆さんは明日お帰りですか?」

部屋から出ようとしたところで、副神官長様に尋ねられる。

「そのつもりですが?」

立ち止まって答えるお父さんに、副神官長様は問いかけた。

「五日間マーブル様がいらっしゃらないわけですが、村ではどう説明なさるのですか?」

「「「あっ!」」」

前言撤回、まだ問題は解決していなかった。

マーブルはいつも私のそばにいたから、五日間も一緒にいなかったら不思議に思われちゃうもんね。

「明日町を出る前に、精霊王様によく似たぬいぐるみを用意いたしましょう。数日であればなんとか誤魔化せるかもしれません」

フェ様がそう提案してくれた。

いいお店に心当たりがあるらしいので、私達は素直にお願いすることにする。

あとはマーブルの体調がすぐれないと理由をつけて、家から出さないことにすればなんとかなるかな？


そのあと案内された部屋は、さっき休憩に使わせてもらった部屋だった。

用意してもらったご飯を食べたあとは、眠くなる。

大きな欠伸を一つすると、お母さんに「もう寝る？」と聞かれた。

確かにすごく眠いけど、隣の部屋に大きな浴槽があるのを見つけていた私は、お風呂にどうしても入りたかった。

ククル村の家には湯船がないので、ざっと体を流すだけ。

前に、ククル村の神官様にサーズ町のお風呂がとても気持ちよかったという話を聞いてから、ずっと憧れていた。

人生初のお風呂なのだ。神官様が絶賛していた通りなのか、ぜひ入ってみたい。

「そんなフラフラで大丈夫か？」

「うん」

お父さんに頷いたあと、頬を叩き、眠気を覚ます。浴室に入ると、魔法で浴槽にお湯を張った。

『サラ様は魔法を使うのがお上手ですのね』

「えへへっ、そうかな？　簡単な魔法だよ」

一緒についてきたアクアに褒められて、照れてしまう。

『いいえ。魔法でお湯を出すには、水と火の魔法が必要になりますの。合成魔法を詠唱もなしに、しかもちょうどいい温度になるよう調整するのはとても難しいですわ。その証拠に、普段はその蛇口からお湯を出すのではないでしょうか？』

「え？　ここからお湯が出てくるんですか？」

いつも飲食用のお水は井戸から汲んできて、それ以外のお水やお湯は私が魔法で出していた。

だからてっきりこの浴槽にも、魔法でお湯をためるものとばかり思っていた。魔法を使わずにお湯が出せるなんてびっくりだ。

『この町の地下には水道管が張り巡らされていますの。魔法を使わなくてもこの蛇口をひねるだけで、簡単に水やお湯を使うことができますわ』

「アクアは物知りなんですね」

私が感心して言うと、アクアは理由を教えてくれる。

『わたくしは水と氷の精霊ですから。水のことでしたらすべて私の領分ですの』

「二つ属性があるの？」

二つの属性を持つ精霊様なんて、初めて聞く。

『はい。ちなみに今日わたくしと一緒にやってきた精霊達は全員がそうですのよ。二つの属性を持っているのはわたくし達、精霊王様の守役(もりやく)だけですの』

「そ、そんな重要なこと、私に話してよかったんですか？」

『ふふっ、このことはわたくしとサラ様だけの秘密にしてくださいまし』

アクアはそう言うと、指を口に当てて内緒のポーズをする。

「う、うん。わかりました」

アクアのとんでもない秘密の話のおかげで、眠気はどこかに行ってしまった。

『ありがとうございます。もし誰かに、わたくしの属性を聞かれたら水だとお伝えください。鑑定書にもそう載るはずですから』

アクアはそう言うと、私の頭を撫(な)でる。アクアは頭を撫(な)でるのが好きなのかな？

しかし、とんでもないことを聞いちゃった。

アクアが内緒だって言うくらいだから、これはお父さん達にも言っちゃダメってことだよね？

うっかり言わないように気をつけないと！

まあ、これ以上深く考えても仕方がないので、お風呂を楽しもう。

そう思って、私は早速服を脱いで湯船に入った。

ちゃぷんっ。

「ふ〜っ」

浴槽は大きくて、足を伸ばしてもまだ私の体の倍くらいの余裕がある。

アクアはなぜか私がお風呂に入っている姿を、笑顔で見つめている。

「見てて楽しいですか？」

『はい。とても』

普通に頷かれてしまった。

あまり気にしないことにして初めてのお風呂をゆっくり堪能し、満足したところで浴槽から出る。そこに置いてあったタオルで体を拭こうとすると、アクアに止められた。

「どうしたんですか？」

『わたくしにお任せくださいな』

アクアはそう言うと、私の前で手をひと振りした。

すると私の体や髪から水滴が離れ、一つの大きな水玉になる。アクアが手をもうひと振りすると、水玉は消えてなくなった。

「すごいっ。どうやって消したんですか？」

『ふふ。水の精霊ですから、このくらいは簡単ですわ』

「水滴を集めて一つにしたんですよね？　でも、そこからどうやって消したんだろう？

私なら火の魔法で消すけど、今のは水の魔法ですよね？　どうやったんですか？」

なんの魔法を使ったのか一生懸命考えるけど、よくわからない。

『サラ様、服を着ないと風邪を引きますわ。ちゃんと着替えたら、お教えいたしますから』

「すぐに着替えますっ！」

慌てて肌着に着がえて勢いよく浴室から出てくるなり、姿勢を正して椅子に座った私を、お父さん達が不思議そうな目で見ていた。

そんなことにはかまわず、私はアクアを急かした。

『水は冷やすと氷に、熱すると水蒸気になります』

「すいじょうき？」

『気体のことですわ』

「きたい？」

私がまったく理解していないことがわかったのか、アクアは少し考えたあと、詳しく説明してくれた。

『気体は目に見えません。水蒸気は、水を目に見えない程小さく分解したものだと思っていただければいいですわ。私は熱を加えるのではなく、水を細かくすることでこの状態に変化させたのです』

「熱を加えてもできるのなら、火魔法で消したほうが簡単じゃないですか？」

疑問に思ったので、アクアに聞く。

『サラ様は水を消す際、火を使うとおっしゃっていましたね』

「はい！　髪の毛を乾かす時も、火と風の魔法を使って温風で乾かすの！　自然乾燥より早く乾くよ」

『確かに髪を乾かすぐらいなら、温風でできますわ。でも、基本的に水は火より強い性質を持っています。火を水で消すより、水を火で消すほうが大変なのです。ここまでは、わかりますか？』

「はい。なんとか」

水を火で熱するとお湯になるだけで、消えはしない。消すためには、もっと大量の火が必要ってことだよね。

『わたくしの魔法は水の性質を利用したものになります。氷も水蒸気も、水が変化した姿なのですわ。簡単に説明すると、冷えて固まったものが氷、小さく分解されたものが水蒸気ですの。先程の魔法は水を消したのではなく、分解して水蒸気に変化させたのですわ。ですから、空気中の水蒸気を結合させれば水に戻すことも可能ですし、さらにぎゅっと固めれば氷にもなりますのよ』

アクアが手のひらを上に向けると、そこに水玉が浮かび上がる。

「わぁっ♪」

「きゃっ」

「おおっ」

突然水玉が空中に浮かび上がったので、お母さんとお父さんが驚いている。

アクアに魔法を教えてもらっていることを伝えると、そういう時は前もって教えるように言われちゃった。ごめんなさい。

気を取り直して、アクアの授業に戻る。

「えーと、私が普段何もないところからお水を出す時も、同じ仕組みなんですか？」

『そうですわね。気体から液体に水を変化させるお手伝いを、わたくし達はしているのです』

「その水玉を消してみてもいいですか？」

『はい。どうぞ』

アクアから水玉を受け取る。それを見つめながら、分解、分解と念じてみる。すると、少しずつ水玉が小さくなって、消えてなくなった。

「アクア、できましたっ」

『一回でできるなんて、素晴らしいですわっ。コツがつかめたら、サラ様なら一瞬で水蒸気に変化させられますわ』

「本当ですか？」

実はアクアと違って一瞬で消せなくてがっかりしていたので、期待に胸が膨らむ。

『ええ。水蒸気は水が変化したものなのはわかりましたね？』

「はいっ」

『今度は水が水蒸気になるのを想像して魔法を使ってください。仕組みを理解していれば、一瞬で分解できますわ』

アクアはそう言って、新たに水玉を一つ作る。

私はその水玉に向かって、水蒸気になるように念じる。

すると、一瞬で水玉がなくなった。

「できたっ！」

『おめでとうございます。仕組みを知っていると、今までよりもさらに簡単に、最小限の魔力で魔法が使えますのよ』

アクアが笑顔で祝福してくれる。

そうだ！　せっかくだから、お風呂のお湯も消してしまおう。

お母さん達も新しいお湯を張ってあげたほうが喜ぶよね♪

そうしてお風呂のお湯も一瞬で消すことに成功して気をよくした私は、お風呂から上がったお母さんとお父さんの髪を新しく覚えた魔法で乾かしてあげる。

こうやって乾かしたほうが、温風よりも髪が傷（いた）まないんだって。

怒濤（どとう）の一日は新たな魔法を覚えて終わった。

翌朝目を覚ますと、目の前にはアクアの顔があった。

『おはようございます。ゆっくり寝られましたか』

いつ寝たのかまったく記憶がない。だけど、私はきっちりベッドに横たわっていた。

お父さんが運んでくれたのかな？

「う、うん。おはようございます。アクアはずっとそこにいたの？」

『はい。ずーっと、サラ様の寝顔を見ていました』

「精霊様って寝なくていいんですね。あれ？　でも、マーブルは一緒に寝てたよ」

『少しでも魔力の消費を抑えようとしていたのではないでしょうか？　常に実体でいるのは、とても大変なことですから』

「そうなんですね」

ベッドから飛び下り、ちょうど部屋に入ってきたお母さんに抱きつく。

「おはよう、お母さん。お父さんは？」

「中庭で鍛錬しているわ。もうすぐ帰ってくるんじゃないかしら？」

お母さんの言葉通り、お父さんはそう待たずに帰ってきた。

「お。サラも起きたか」

「うん！　おはよう」

しばらくすると、神官様達が部屋に朝食を持ってきてくれた。

それを食べている間、アクアは私の後ろに立っていた。

「アクアは座らないんですか？」

『精霊は普段から座る習慣がありませんから。それに、人のように疲れることもありませんの』

「精霊様ってすごいんですね！」

『ふふ、ありがとうございます』

朝食を食べたあとは、再びフェ様のもとへ行くことになった。朝の挨拶をするとすぐに、話し合いが始まる。

「まずは誓約魔法の件でお話が……」

当初の誓約魔法では、私に関する一切の情報を他言無用とする内容だった。

でも、私が王立魔法学校に入学することやアクアから加護をもらったことで、状況は一変した。

フェ様が後見人になる娘の情報をまったく話せないのは、逆に何かあると疑われるのではないかという話になったのだ。

新たな誓約魔法では、マーブルに関するすべての情報と私の本当の鑑定内容に関して、その偽装行為に関してを他言無用とすることになった。

ジークとフェ様、副神官長様のことは信じているので、別に誓約魔法をかけ直す必要はないんじゃないかと思ったんだけど、何があるかわからないからと逆に三人に諭されてしまった。

そして誓約魔法を受けるのは三人だけではなかった。私達親子も王家の方達が精霊様から寵愛を授かっているという事実を秘匿するため誓約魔法を受けることになったのだ。

誓約魔法で誓ったことは一切話せなくなるので、フェ様のようにうっかり話してしまうといったこともない。私達は喜んで誓約魔法を受けることにした。

誓約魔法の件が終わったら、お待ちかねの魔法学校の説明だ！

本来なら王立魔法学校への入学手続きは専門の神官様が担当しているそうなんだけど、今回はフェ様が特別に引き受けてくれることになっていた。

「さて、王立魔法学校の件ですが、こちらが入学許可証になります。本来なら後日、入学許可証を持って親子で教会に来ていただき手続きをするのですが、今回はこのまま進めますね。この書類に目を通したあと、問題がなければ一番下の空白部分にマーク殿とサラ様のサインをお願いします」

お父さんがフェ様から数枚の紙を受け取り、目を通す。

「王立魔法学校は国の援助で運営されているので、学費は一切かかりません。文房具や教科書、制服等も支給されますし、王都に向かうまでの費用もすべて学校が負担します。ご両親が用意するものといえば、衣服くらいですね」

「そこまでしてもらえるんですかっ？」

至れり尽くせりの内容に、三人で驚く。これはアミーちゃんが行きたいと言うはずだ。

フェ様は大きく頷く。

「勉強に集中してもらうためです。ですからこの支援は身分に関係なく、入学したすべての生徒を対象にしています」

「貴族もですか？」

「ええ。在学中は身分に関係なく、皆学生寮で生活します。貴族であっても、親の援助なしに生活することになりますね」

「貴族の子息令嬢にそんな生活ができるんですか？」

お父さんが絶対無理だろうって顔をしてるけど、横にいるお母さんも元は公爵令嬢だったんだよね？

お母さんはちょっと拗ねた顔で、お父さんの脇腹を軽くつねっている。

「まあ、何事にも裏道はありますので。完全に親の手を離れているとは言い切れませんが……ただ、貴族が権力を使って平民を苛めるようなことがあれば、厳しい処罰が与えられます。学校内では貴族だからといって優遇されることはありません」

フェ様からの力強い言葉に、お父さん達は安心したようだ。

フェ様から受け取った書類にも同じようなことが書いてあった。お父さん達はすべてに目を通してサインする。それから私もお父さんの横にサインを書いた。

「では、これで手続きは終了したわけですが、何か気になることはありませんか？」

私は特に思いつかなくって、お父さん達を見る。二人も特にないみたい。

「今は思いつきません」

「そうですか。では、何かあればいつでもご連絡ください。どんなことでもかまいませんので」

「ありがとうございます」

「学校は九月から始まりますから、王都に向けて出発するのは八月なかばになります。七月頃には詳しい日程をご連絡できるでしょう」

確か、サーズ町から王都までは半月以上かかるはずだ。出発はその日程で大丈夫なのかと心配になる。

するとなんと、私もジークのように竜便（りゅうびん）を使って王都まで行くらしい。

危なくないのかと心配するお母さん達に、フェ様は竜便（りゅうびん）の竜を見せてくれた。

教会の外にいた竜は、ソフィアさんよりも一回り小さかったけれど、それでも私達よりもはるかに大きい。

水色の鱗に金色の瞳の竜は、フェリシアという名前らしい。

フェリシアは飛竜と呼ばれる竜で、ソフィアさんとは違って言葉をしゃべることはなかった。

「飛竜や陸竜は知性があまり高くないので、こうやって簡単に使役することができるのです」

フェ様はそう言うけど、私はフェリシアが私達の話していることを理解しているような気がした。

そう思っているのが伝わったのか、フェリシアは最初からとても私に友好的だった。

その様子を見て、「普通ならありえない」と竜操士のロンさんが驚いていたくらいだ。

竜操士とは、フェリシアのような飛竜や陸竜を操縦して、物や人を運ぶ人のことをいうそうだ。フェリシアとロンさんがジークを王都からここまで連れてきたんだって。

ロンさんが竜便は怖いものではないと説明し、お母さん達の質問の一つ一つに丁寧に答えてくれる。

途中、説明に飽きた私は命綱をつけずにフェリシアの背中に乗せてもらって遊んでいたら、それを見たお母さんが悲鳴を上げるなんてこともあった。

お母さんの様子を見て、すぐに降りなきゃと風魔法を使って一気に飛び降りたのだけど、危ないことをするなと余計に怒られてしまった。

そんなこんなで、あっという間に村に帰る時間となった。

「これが約束していたぬいぐるみになります」

「「ありがとうございます！」」

フェ様が用意してくれたぬいぐるみは、目の色以外はマーブルにそっくりだった。目が見えないように工夫すればなんとかなりそうだ。

ぬいぐるみは、マーブルの定位置であるポケットに入れた。

お父さん達がフェ様達となにやら話し込んでいる間に、私はジークに話しかける。

用件は、もちろん今回のお礼だ。

「本当にありがとうございました」

「お礼なんて。僕は結局何もできませんでしたから」

「そんなことないです！　精霊様達に最初に返事を迫（せま）られた時、庇（かば）ってくれたし、中庭で私が途方に暮れてた時も、ジークが話を聞いてくれて、私には考えつかなかった方法を教えてくれたから、今があると思います。本当にありがとうございました」

「サラ……」

　ジークには本当に感謝していると知ってほしい。その一心で伝えると、なぜかジークは泣きそうな顔をする。

「僕も少しは役に立てましたか？」

「少しじゃないです！　たくさんです！　ここに来てくれたのがジークでよかったって、本当に思っています」

　他の加護持ちの人だったら、もしかしたら違った結果になっていたかもしれない。

「なら、よかったです……。そうだ、これを君に」

　ジークはそう言うと、左耳に着けていたイヤーカフを外し、私に差し出した。

「これにはアニストン家の紋章が刻印されています。僕は基本的に王宮にいるので、何か困ったことがあったら、このイヤーカフを持って僕に会いに来てください。門番にはサラのことを伝えておきます」

　そう言ってイヤーカフを私の手のひらにのせようとするので、慌てて断る。

「そんな大切なものもらえません！」

「あげるわけじゃないですよ。サラが学校に行っている間、貸してあげるだけです。君が無事に目的を果たして、学校を卒業したら返してもらいますよ」

「でも……」

「精霊王様のことで何かあった時、相談できる相手がいたほうがいいと思うんです。もちろん、それ以外のことでも、何かあったら遠慮せず頼ってください」

「……」

「中庭であなたを助けると言ったでしょう？　僕を嘘つきにしないでください」

「……ありがとうございます」

私は受け取ったイヤーカフを握りしめ、ジークにお礼を言う。

昨日会ったばかりの私にそこまでしてくれるなんて、ジークはなんて優しいんだろう。

「受け取ってもらえてよかった。サラには精霊王様達がついているからたいていのことは大丈夫でしょうが、人にしか解決できない問題もありますからね」

ジークはほっとしたように笑った。

「はい。本当にいろいろとありがとう。イヤーカフ、大切にします」

「学校に入学しても、無理はしちゃダメですよ」

「うっ。はい」

ジークにも釘を刺され、私は頷くしかなかった。

「僕も明日には王都に戻ります。サラの望みが叶うよう、祈っていますね」

「ありがとう。気をつけて帰ってください」

私がジークとのお別れの挨拶を終えたところで、お父さん達の話も終わったようだ。

「いろいろとありがとうございました」

私達は最後に三人でフェ様達にお礼を言う。

「いえ、気をつけてお帰りください」

「「はい」」

それから私はジークにこっそりと手を振る。するとジークも、そっと振り返してくれた。

「せっかくだからハッサンさんのとこに寄ってから帰るか」

教会を出てしばらくしてから、お父さんが言った。

「いいの⁉」

実はアミーちゃんのことが気になっていたのだ。

「同じ王立魔法学校の生徒になるわけだから、報告しに行かないとな」

「うんっ。でも、ハッサンさんはアミーちゃんが学校に行くのに反対だったみたいだけど、大丈夫かな？」

「そうなのか？　でも、サラが行くって話したら、気が変わるかもな。俺もアミーちゃんが一緒だと安心なんだがなぁ」

「あなた、よそ様のおうちのことに口を挟むような真似はしないでくださいね」

「わかってる」

三人でお話ししながら、アミーちゃんのお宿に向かうと、店先で彼女が掃除をしているのが見える。

「アミーちゃんだっ！　アミーちゃ～んっ！」

大声で呼びかけると、アミーちゃんはこちらに気づいて驚いた顔をした。

「サラちゃん!?　どうしたの？」

「アミーちゃん！　私も王立魔法学校に行くことになったよーっ」

「ええっ!?　本当っ？」

嬉しそうな笑みを浮かべてくれるアミーちゃんに向かって、私は走り出した。

第四章　新たな加護

「「「「「「「おかえりなさい!!」」」」」」」

村に帰った私達を、出発した時と同じあたたかい笑顔で、みんなが迎えてくれた。

みんな、早く鑑定結果を聞きたくてうずうずしているのがわかる。

「あー、サラの鑑定結果だけど……」

フェ様からは、アクアの称号についてはみんなにも話していいと許可をもらってある。

なのでお父さんは、しばらくの間は村の中だけの秘密だと念押ししたあとに、加護を授かっていることがわかったと話す。

「能力鑑定をする直前までは、精霊様達の誰がサラに加護を授けるか争っていたらしく、魔法はたくさん使えたけれど、称号はなかったんだ。今は一人の精霊様がサラに加護持ちの称号を授けてくれたから、サラは精霊様のお姿を見ることもできる」

お父さんがそう伝えた。私は今まで精霊様を見られなかったのに、突然精霊様と話せるとみんなが不思議に思うだろうから、そういうことにしようと決めたのだ。

そのあとのみんなの反応は本当にすごかった。

「ひゃほーいっ」

村長さんが、今まで見たことのない高さの跳躍を見せ……

「だ、団長〜っ！　おめ、おめでっ！　うわーんっ」

ラルフさんはなぜか感極まって泣き出す始末。

あっという間に村はお祭り騒ぎとなった。

『自分が加護を授かったわけでもないのにこんなに喜べるなんて。人間って不思議ですわ』

アクアは村の様子をどこか楽しそうに見つめていた。

突然、つんつんと私のスカートの裾が引っ張られる。そちらを見ると、サリーがいた。

「サラお姉ちゃん、マーブルは？」

とっさにぬいぐるみの入ったポッケをおさえる。

「えーっと、マーブルは疲れちゃって今はおねむなの。また今度遊んでくれる？」

「そうなんだ」

あらかじめ決めていた通りのことを言うと、サリーはがっかりしたようだった。

マーブルをいつもかわいがってくれているので、これから四日間会えないって知ったらきっと寂しがるだろうなぁ。

「サラ、村長につかまる前に帰るぞ！」

大騒ぎするみんなをかき分け、お父さんがこちらにやってくる。

「サリー、またね」

心の中で謝りながらサリーとお別れをする。

「うん！　また遊んでね」

サリーは明るく言うけれど、その表情はやはり寂しそうだ。

後ろ髪を引かれつつも私はお父さん達と家に帰ったのだった。

マーブルのいない日々は意外にもあっという間に過ぎていき、ついに帰ってくる日がやってきた！

本来なら今日は村の教会の勉強会に行く日だったのだけれど、マーブルがいつ帰ってくるかが気になって勉強に集中できるとは思えなかったので、お父さん達にお願いしてお休みさせてもらった。

毎日のようにサリーから「マーブルとまだ遊べないのか」と聞かれていたので、ようやくほっとできそうだ。

サリーにうるうるのお目々で「まだ？」って聞かれると、すごく悪いことをしてる気がするんだよね。

マーブルが帰ってきたら、真っ先にサリーに会いに行こう。

そう心に決めつつ、家でマーブルが帰ってくるのを待つ。

その間、私はお母さんにカーテシーを教わっていた。

国王陛下に謁見する時に必要になるだろうと、お母さんから一通りのマナーを教えてもらうことになったのだ。

「サラ、もう一度やってみせるから、今度はお母さんと同じようにやるのよ」

「はい！」

「ダメよっ！　背筋が曲がっているわ。もう一度やり直し。曲げるのは背中ではなく腰よ」

お母さんから厳しい叱責が飛んだかと思えば……

『サラ様、今のカーテシーは素敵でしたわ』

アクアから優しいお言葉を頂戴する。ありがとうございます。見事な飴と鞭です。

お母さんとアクアの言うことを交互に聞きながら、くじけることなく練習していると、家の扉が激しく叩かれた。

「誰かしら？」

荒々しいノックの音に、お母さんが首をかしげながら扉を開くと、そこには必死の形相のサマンサさんの姿があった。

「サリーが、サリーがここに来ていないかいっ？」

聞けば、サリーは教会をこっそり抜け出したようで、それから行方がわからないらしい。

トイレに行ったまま一向に帰ってこないサリーを心配した神官様が、サリーの靴がなくなっているのに気づいたそうだ。

「最近マーブルと遊べないと残念がっていたから、もしかしてここにいないかと思ったんだけど」

「残念だけど、サリーちゃんは来ていないわ」

「そうかい……。いったいあの子はどこに行っちまったんだい」

サマンサさんはすでに村中を捜していて、ここが最後の心当たりだったようだ。お母さんの返事にがっくりとうなだれてしまった。

「マークにお願いして、防衛団の皆様にも捜索してもらいましょう」

「だけど、娘一人のためにそこまでしてもらうのは……」

「こういう時のための防衛団です。私も一緒に行きますわ」

お母さんはそう言ってサマンサさんを説得すると、私に留守番を任せて出かけていった。

「サリー、大丈夫かな？」

部屋の中でじっと待つなんてできなくて、意味もなくうろうろしてしまう。しばらくして、なにやら外が騒がしいことに気がついた。

なんだろうと思って窓からのぞくと、そこにはライリーとネネの姿が。

二人は何か言い合っているようで、気になった私は話を聞こうと家を出る。

「二人ともどうしたの？」

「サラ！」

「サラちゃん！」

私を見るなりすぐに駆け寄ってきた二人は、「「サリーを知らないっ⁉」」と尋ねてくる。

会えば必ず憎まれ口を叩いてくるライリーが、今は口をきつく結び、泣くのをこらえるような顔で私の返事を待っていた。

ネネは隣でライリーを心配そうに見つめている。

「ううん。ここには来てないよ」

「そんなっ！」

「やっぱり、あいつは森の中にいるんだっ！　早く捜（さが）さないとっ」

ライリーは私の返事を聞くや否（いな）や、そう言って森に向かって駆け出そうとする。

「ライリー、森に行く気なの⁉　ダメだよっ」

ライリーの体に腕を回してネネが必死に止めるけど、ライリーは諦（あきら）める気がないみたいだ。

このままではライリーが森に行ってしまいそうだ。私も止めようとライリーの肩に手をかける。

「俺が、俺が悪いんだっ！」

「え？」

どういうことなのかと問いただすと、ライリーは顔をうつむかせたまま話し始めた。

「マーブルと会えなくなってから、サリーがずっと寂しがってただろう？　今日は特にひどくてさ。俺達が遊んでやっても、マーブルがいないなら家に帰りたいとか、早く会いたいとかうるさくて。お前の猫でもないのに毎日うるせぇって怒鳴っちゃったんだ。そしたらあいつ泣き出して……。勉強も進まないし、イライラしてたから、それで……」

「それでどうしたの？」

「そんなに猫と遊びたいなら、森に行って自分だけの猫を拾ってくればって」

「っ⁉」

驚きのあまり、私は言葉を失った。

「本気にするなんて思わなかったんだっ！　神官様からサリーがいなくなったって聞いた時も、まさかって思ったし。でも、家に帰ってから母ちゃんにサリーがまだ帰ってないみたいだって聞いて、それでもしかしたらって思って。俺っ、俺っ！　うわぁーんっ」

ずっと我慢していたのだろう、最後まで話し終えた瞬間に、ライリーは泣き出してしまった。

「ラ、ライリー。ふぇっ、ふぇーんっ！」

つられてネネまで泣き出してしまう。

「ライリーもネネも泣かないで。まだ森の中にいるって決まったわけじゃないし、お母さんが防衛団の人達にサリーの捜索を頼んでくるって言ってたから、すぐに見つかるよ」

ライリーとネネの頭を撫でながら、そう言って慰める。

サリーはまだ四歳なのだ。子供の足ではそう遠くまで行けないはず。

それに、森へ行くには門を通る必要がある。一人で歩いていったとしても、そこで止められるだろう。

どう考えても、サリーが一人で森に行ける可能性なんて……

『サラ様、森に入っていく子供の姿を見たと言っている精霊がおりますわ』

「えっ⁉」

アクアからの情報に、思わず驚きの声を出してしまう。

すると二人が何事かと、まだ涙の滲む目でこちらを見上げる。

「サラちゃん、どうしたの？」

「精霊様が、森に入っていく子供を見たって」

「本当っ⁉」

「やっぱり、あいつ森に行ったんだ！　早く助けに行かないとっ！」

「待って！」

すぐに森に行こうと走り出すライリーを、ネネと一緒に必死になって止める。

「なんで止めるんだよっ！　サリーが心配じゃないのかよっ！」

「私だって心配だよっ！　でも、森を捜すならもっと大勢連れて行かないと。闇雲に捜し回って、ライリーまで迷子になったらどうするの？」

「でもっ！　森には魔物がいるんだろう？　俺達がぐずぐずしてる間に、もしサリーが魔物に見つかったらどうするんだよ！」

ライリーの心配はもっともだ。お父さん達防衛団のおかげで村に出てこなくなったとはいえ、森の奥深くには魔物がいる。

だから森に入る時は魔物除けの香り袋を持っていくのが常識だけど、まだ小さいサリーが持っているとは思えなかった。

「わかった！　私が行くからっ！」

このままでは、本当にライリーが一人で森に行ってしまいかねない。

それなら私が行ったほうがいい。そう思った。

ライリーはすぐには納得してくれなかったけれど、ネネに「足手まといになるだけだよ」と言われて諦めてくれた。

「二人は、私のお父さんに、サリーが森にいることを伝えに行ってくれる？　精霊様に教えてもらったと言えば、きっとすぐに森へ捜索に入ってくれるはずだから」

「「わかったっ」」

そう頷くなり、ライリー達は防衛団の詰め所に向かった。

私も急いで森に行く準備をしないと！

一度家の中に戻り、ケープと香り袋を手にとり、いざ出陣だ！

村の門へ向けて一目散に走る。

門の前にはラルフさんがいた。どうやら本日の門番はラルフさんだったようだ。

「あれ、サラちゃん？　今からお散歩かい？」

そんなふうに、ラルフさんはのんきに話しかけてくる。

ラルフさんにはまだサリーの話は届いていないみたいだ。

「ラルフさんっ！　サリーが森に入っちゃったみたいなんです！」

「なんだってっ⁉」

ラルフさんの驚きようを見ると、サリーちゃんは門から出たわけではないようだ。

いったいどこから抜け出したのかな？

「私は今から森に捜しに行ってきますっ！　今、ライリー達がお父さんに知らせに行ってくれてるの。お母さんに会ったら、心配しないでって伝えてください」

「わかった！　……じゃないっ！　だったら森に行くのは、あ、こらっ、待ちなさい！」

私はラルフさんの横をすり抜け、風魔法で走る速度を上げると、森に向かう。

「マーク団長に殺されるーっ！」

ラルフさんの悲鳴が後ろから聞こえたけれど、足を止めるわけにはいかなかった。

ラルフさん、ごめんなさい！

私もあとで一緒にお父さんに怒られるから許してねっ！

『この森の中で、どう捜すおつもりですの？』

森に入るなり、アクアがそう尋ねてくる。

サリーの行方を教えてくれた精霊様は、子供が森に入っていくところを見ただけで、今いる場所はわからないらしい。

だけど私には考えがあった。

「この前、ジークの精霊様が私を捜し出してくれたでしょう？　それと同じことができないかなと思って」

でも、あの時はたまたま湖のそばにいたから気づいてもらえただけよね。水魔法は水のある場所しか気配を追えないから、捜索範囲が限定されるし。

だったら――

「風魔法で捜すことはできるかな？」

森中に風を送って、その風に自分の意識を乗せて、人の気配を捜すイメージかな？

『確かに可能ですが、膨大な情報量になりますわよ。わたくし達精霊ならいざ知らず、人間の、まだ幼いサラ様にできるとはとても思えませんわ』

「でもっ、早く見つけてあげないと！」

『……では、精霊王様にお願いするのはどうでしょう？　精霊王様でしたら、この程度の問題など一瞬で解決いたしますわ』

焦る私に、アクアは少し悩んだあと、提案してくれる。でも……

「マーブルはまだ帰ってきてないのに、どうやってお願いするの？」

『サラ様が戻ってきてほしいと願えば、どこにいても精霊王様に伝わりますわ。すぐにいらっしゃいますわよ。ですが――』

「わかった、呼べばいいのね！　アクア、ありがとう！」

『……え？　ちょっ、ちょっとお待ちくださいな』

すぐにでもマーブルを呼び出したいのに、アクアに止められる。教えてくれたのはアクアなのに、どうしたのかな？

『精霊王様に頼んだことで、他の守役達から責められるかもしれませんわよ？　精霊王様の力を利用しないいんじゃなかったのか、と。最悪、精霊王様と引き離されるかもしれませんのに、よろしいんですの？』

　アクアの言葉にずきりと胸が痛む。

　確かに、マーブルの力は利用しないと言っておきながらお仕事の真っ最中に呼び出したら、守役の精霊様達に「それ見たことか」と言われるかもしれない。

　場合によっては、アクアの言う通りになるかもしれない。でも……

「サリーが魔物に襲われたら、絶対後悔するもん！　だからいいの！」

　今はサリーの命が第一だ。守役の精霊様達にはあとできちんと事情を説明しよう。

　私が迷いなく答えると、アクアは驚いたような、納得したような不思議な表情を浮かべて、それ以上何も言うことはなかった。

「マーブル！　お願いっ」

　私が一言そう言うと、マーブルが精霊王様の姿のまま空から舞い降りてきた。

『ママーっ！』

「マーブル!!」

受け止めようと腕を広げると、マーブルの体が光って精霊王様の姿から猫の姿に変わった。

そしてそのまま私の腕の中におさまって、満足そうにのどを鳴らし始める。

「マーブル、おかえり。お仕事の途中なのに、呼び出してごめんね」

「にゃん♪」

マーブルは怒っている様子もなく、しばらくぶりの再会を喜んでくれた。

私も素直に喜びたいところだけど、時間がない。

マーブルにこれまでの経緯を話して、サリーを捜すのを手伝ってほしいとお願いする。

「にゃんっ！」

マーブルはすぐに「任せてっ」と言うように返事をしてくれた。

よかった！　これで、サリーをすぐに見つけることができる。

そう思った私だけど、そうすんなりとはいかなかった。

『いい加減になさいませっ！』

アクアの怒りの声が森に響く。最初は、私に向かって言ったのかと思った。

でも、アクアは私を見てはいなかった。

アクアはある一点を見つめて、なにやら話している。その様子を見て、マーブルと一緒に他の守役の精霊様達も来ていたのだと気づいた。

アクアがあんなに声を荒らげるなんて、何があったのかな？

『お前がいながら、精霊王様を呼び出すとはどういうことだ』

サラがマーブルに事の次第を説明している間、アクアはモス達の非難を一身に浴びていた。

しかしアクアはこの事態を予想していたので、動じない。

『サラ様一人のお力でも、最終的には子供を見つけることくらい可能でしょう。けれど、時間がかかるかもしれませんわ。この森に魔物が生息しているのはご存じでしょう？

サラ様は英断なさったのです』

『何が英断か。本来ならいさめるのがお前の役目なのに。それどころか、お前は精霊王様の力を利用するように誘導しただろう』

モスは苛立ちを隠そうともしない。

『やっぱり、加護を授けるのを許さないほうがよかったんじゃない？』

ティネのその発言は、アクアの逆鱗に触れた。

『いい加減になさいませっ！　本当はあなた達も、サラ様に加護を授けたかったのでしょう⁉　わかっているんですのよ』

『な、何を言って』

モスは明らかに動揺し、ティネは目を泳がせる。

リードは気まずそうに目をそらした。

『あなた達はサラ様のことが気になるあまり、鏡を使ってサラ様の行動を見ていたでしょう！　そうでなければ、わたくしが精霊王様を呼び出すよう提案したことを知っているはずがありませんもの』

モス達が見ていると確信したからこそ、アクアはサラに精霊王様を呼び出すよう進言したのだ。

アクアは、他の守役達が内心ではサラをとても気にしていることに気づいていた。

どういうわけか、サラは精霊の目には非常に魅力的に映る。それは自分達守役の精霊といえども例外ではなく、アクアは彼らも素直になればいいのにと思っていた。

この意地っ張りな精霊達に最後のチャンスを与えようと、アクアは考えたのだ。

サラが断ることも覚悟していたので、まさかあんなに簡単に精霊王様を呼び出すとは思わなかったが。

『そ、それは、なあ？』

『……何かあった時にすぐに対応できるようにしていただけだ』

リードとモスが苦し紛れの言い訳をし、ティネも勢いよく首を縦に振る。

『そ、そうよ！　アクアだけでは、何かあった時大変だと思って』

『精霊王様がそばにいないにもかかわらず、サラ様の心配をする必要がございますの？』

『だが、監視していたからこそ、今回のことにすぐ気づけたのだ』

モス達の頑なな態度に、アクアはほとほと困り果てる。

最初にサラに辛く当たってしまったことで引っ込みがつかなくなっているのはわかるが、この態度をどうしようか。

「アクア、あまり精霊様達を責めないであげて。私がお仕事の途中でマーブルを呼び出しちゃったんだもん。精霊様達が怒るのは当たり前だよ」

サラは加護云々の話は聞いていなかったようだ。それよりも、自分のせいでアクアが他の精霊達と仲違いするのを心配しているようだった。

「マーブルの力には頼らないって言ってたのに、早速約束を破ってごめんなさい。でも、サリーを助けたいんです。どうか精霊様達も力を貸してください」

見えない相手に向かって頭を下げ、サラは必死で頼み込む。

利己心のかけらもないその姿は、凝り固まった精霊達の心にも十分に響くものがあった。

『……精霊王様のお手を煩わせずとも、わたくしが捜し出しましょう』

最初に折れたのはティネだった。

『あれこれ理由をつけて、文句だけ言ってるのってかっこ悪いよな』

その次にリードが続く。

『……精霊王様が力を使うよりはいいでしょう』

最後にモスが、渋々といった態度ではあったが首を縦に振ったのだった。

◇◇◇

「ありがとうございます!!」

アクアから精霊様達の言葉を教えてもらい、私は勢いよく頭を下げた。

自分で頼んでおいてなんだけど、まさか精霊様達が協力してくれるとは思わなかった。

『通訳はわたくしにお任せください』

アクアが胸を張って言う。

「うん！　よろしくお願いします」

「にー……」

マーブルは『せっかくの僕の活躍の場が……』とでも言うようにしょんぼりしていたけれど、精霊様達が協力してくれるのはマーブルがいてこそ。落ち込む必要なんてないのにね。

「サリーは今きっと心細い思いをしていると思うから、見つけたらマーブルが慰めてあげてくれる？」

「にゃん！」

さっきまでのしょんぼりした態度はどこへやら。マーブルにしかできない役目を頼むと、元気よく返事をしてくれる。よかった！

『サラ様、場所がわかったようですわ』

「本当っ⁉」

守役の精霊様が見つけてくれた子供の特徴を聞いてみると、サリーに間違いないようだ。すぐにその場所まで案内してもらう。

『ここの下にいるそうですわ』

アクアが示した先は、急な斜面になっていた。

「もしかして、ここから落ちたのっ⁉」

慌てて下をのぞくけど、サリーの姿は見えない。

『どうやら斜面の途中にある窪みの中にいるようですわ』

「とにかく助け出さないと！　見つけてくれてありがとうございました！」

精霊様達にお礼を言って、抱えていたマーブルを地面に下ろす。

『サラ様が行かれるのですか？』

「うん！　サリーは心細い思いをしてるだろうから、お父さん達が来るのを待ってなんていられないよ」

『い、いえ。このままわたくし達にお願いなさらないのですか？』

「だって、お願いしたのは捜し出すところまでだし。ここからは私一人でもなんとかなるもの」

私のことをよく思っていないだろう精霊様達が、ここまで手伝ってくれただけでもありがたいのだ。これ以上を望むのは間違っている。

「じゃあ、行ってくるね」

みんなにそう声をかけ、私は一気に斜面を滑り下りた。

◆◆◆

サラが斜面を下りていき、この場には精霊達だけが残った。

リードやティネはそわそわしていて、なんとも落ち着きがない。

一人静かに目を閉じているモスでさえ、眉間には先程はなかった深いしわが刻まれていた。

『そんなにサラ様が心配なら、手伝えばよろしいでしょう』

アクアに言われなくても、彼らは自分達が意固地になりすぎているのはわかっているだろう。

ただ、それぞれの理由からサラとどう接すればいいのかわからないのだ。

モスは守役のリーダーとしての責任から、リードはサラに過酷な試練を与えてしまった罪悪感から、ティネは他の精霊達に遠慮してといったところかとアクアは推測する。

『あんなに意地悪なことばかり言っていたのよ。いまさら優しくしても気味悪がられるだけよ。あなたこそ、なぜ一緒に行ってあげなかったの？』

仏頂面で言うティネに、アクアは呆れながら答える。

『わたくしは水と氷の精霊ですもの。川も湖もないこんな森の中では、なんの役にも立ちませんわ。火と炎の精霊であるリードも同じこと。ですが、風と嵐の精霊であるティネと土と大地の精霊であるモスは違いますでしょう？』

役立たずだと断言されたリードは密かに肩を落としていたが、気にかける者はいなかった。

『だからといって、加護を与えていない我々が手伝う必要はないだろう』

モスは静かに首を振るが、アクアは引き下がらなかった。

『でしたら、加護を与えればよろしいじゃありませんの』

「にっ⁉」

アクアの提案に、マーブルが『なんでさ！』と言うように声を上げるが、これも精霊達に無視される。

『あれだけ頑なだったあなた達が、サラ様が一言お願いしただけで従ったのですのよ？もう心は決まっているのではなくて？』

そこにいる精霊達は皆、黙り込んでしまった。

「あった！」

斜面を滑り下りていくと、アクアの言っていた通り窪みが見えた。

それは思ったより深く、ここからでは暗くて中の様子がうかがえない。

私は窪みの入口に風魔法でクッションを作ると、そのままそこへ突っ込むように一気に加速した。

「わぷっ」

転がり落ちそうになりながらも、なんとか寸前で止まることができた。

四つん這いになって、落ちないように慎重に窪みの中をのぞき込む。するとその中で、泣き疲れた様子のサリーがすやすやと眠っていた。

「よかった～」

ぱっと見たところ擦り傷のみで、大きな怪我は見当たらないことにほっとする。

回復魔法で怪我を治すと、眠っているサリーを背負って出口を見上げる。

「……ここは土魔法かなぁ」

強化魔法を使ったとしても、サリーを背負ったまま斜面を上るのは大変そうだ。なので、斜面の一部を土魔法で階段に変えることにした。

その時、ふわりと何かが頬を掠めていくような感じがした。

一瞬不思議に思うが、すぐに目の前の斜面に集中して魔法を使う。すると目の前に階段が現れた。

これでなんとか上れるだろう。

サリーを起こさないよう、ゆっくりと階段を上っていく。

サリーも見つかったし、もうこれで心配することはない。

そう安心していた私は、階段を上りきったところで驚いて声を上げた。

「え？」

なぜか、守役の精霊様達の姿が見えるようになっていたのだ。

マーブルを見るけれど、こちらは猫の姿のまま。

じゃあ、なんで精霊様達が見えるの？

頭に疑問符をいっぱい浮かべる私に、アクアが『全員でサラ様に加護を授けることにしましたの！』と笑顔で教えてくれた。

どういうわけか、他の精霊様達もみんな私に加護を授けると決めたらしい。

『ふふ。二週間も必要ありませんでしたわね』とアクアは非常に満足そうだ。

思わず、もう十分ですと断りそうになった。

しかし精霊様達の姿が見えるということは、すでに加護を授かっているというわけで、もう断れないのだろう。

マーブルも諦め顔だ。

すると、精霊様達の間でルールを決めたのだとアクアが得意げに話す。

それによると、精霊様達は全員がずっと私のそばにいるのは難しいので、かわりばんこでついてくれるらしい。

一か月に一度、マーブルがお仕事から帰ってくるタイミングで、次の精霊様と交代するそうだ。

『でも、今回に限ってはわたくしがこのまま一か月お供させていただきますわっ！　最初に手を挙げたわたくしの特権ですわね』

アクアが嬉しそうに説明してくれる。

そんなアクアを他の精霊様は渋い顔で見つめたあと、思い出したように私に近づいてくる。

な、なんでしょう？

『私はヘビーモスと申します。モスとお呼びください。……今までのご無礼をお許しください』

茶色の髪の精霊様がそう言うと、私に向かって軽く頭を下げる。

『俺はイフリードだ。よろしくな。俺のことはリードって呼んでくれ。ひどい試練を与えて悪かったっ』

次に赤い髪の精霊様がにかっと笑って名前を教えてくれたあと、こちらも勢いよく頭を下げる。

『わたくしはウェンティーネよ。ティネって呼んでほしいわ。わたくし達本当に悪いことをしたと思ってるの。許してくださる？』

最後に金色の髪の精霊様が自己紹介して、うるうるの瞳でこちらを見つめるのだった。

「ゆ、許します！　許しますから頭を上げてください！」

まさかの精霊様達の謝罪に、私の頭の中は大混乱だ。

マーブルを呼び出した時は、精霊様達に失望される覚悟をしていたはずなのに、どうしてこうなった？

まったく状況が整理できないのだけれど、私はとりあえず「よろしくお願いします」と答えたのだった。

村に戻る途中で、サリーは目を覚ました。サリーは私の顔を一目見るなり、安心したのか泣き出してしまった。

「ご、ごべんなざいっ。サリーも猫しゃんがほしかったにょっ」

サリーは以前教会の外で遊んでいた時に、偶然塀が壊れているのを見つけたらしい。教会でライリーにきつく当たられたサリーは、そこから抜け出して森に向かうことを思いついてしまったそうだ。

「マーブルと会えなくて寂しかったんだね。でも、森は本当に危険だから一人で入っちゃダメだよ」

「あいっ」

きっと帰ったら、サマンサさんのお説教が待っているだろう。だから私はこれ以上言うつもりはなかった。

そのかわり、私はサリーを背から下ろすと、マーブルを差し出した。

「マーブルだっ!!」

「にゃんっ♪」

マーブルを見た瞬間、泣いていたサリーの顔が笑顔に変わる。

サリーはマーブルを嬉しそうにぎゅっと抱き締め、ご機嫌そうだ。

マーブルは少し苦しそうだけど、我慢してくれていた。ありがとうね。

そうして私は、マーブルを抱いたサリーを抱え上げた。

「じゃあ、村に帰ろっか」

「うんっ」

森を抜けると、門の前にはラルフさん以外にもたくさんの人が集まっているのが見えた。

私達に気づいて、その中から四人の人物が駆け出してくる。

サマンサさんと旦那さん、それに、私のお父さん達だ！

「もうっ！　あんたって子は森に行くなんて、何を考えているの！」

「おがあざーんっ！　おどうざーんっ！」

サリーはサマンサさん達を見るなり、また泣き出してしまった。

「サラっ！　お前もなんて無謀なことをするんだ！　一人で捜しに行くなんて、何かあってからでは遅いんだぞっ！」

「心配かけて、ごめんなさいっ」

私達はお互いの親にこってり絞られたあと、息ができない程力いっぱい抱き締められる。

そんな私達から少し離れたところでは、ライリーとネネが「よかった、よかった」と大泣きしていた。

私はお父さん達に、森でマーブルに助けを求めたこと、結果的に精霊様達に助けてもらって、さらには全員から加護を授（さず）かったことをかいつまんで話した。

「お前には精霊様がついている。だから、下手に動くよりもサラを信じて待つことにしたんだが……」

お父さんは驚きの急展開に言葉も出ないようだ。

門の前にいたたくさんの人は、防衛団のメンバーだった。

どうやら彼らは、ここで私達が出てくるのを待ってくれていたらしい。

私が森に行ったと聞いて、すぐにでも助けに行こうと慌（あわ）てるメンバーを、お父さんが止めたそうだ。

お父さんは、まさか加護を授（さず）けてくれる精霊様が増えるとは思わなかったと、乾いた笑みを浮かべていた。

そんなお父さんの後ろでは、話を聞きつけて集まってきた村の人達が、満面の笑みで拍手を繰り返している。

こうしてサリーの行方不明騒動は、私が加護を新たに授かるという予想外の展開を経て、無事に幕を閉じたのだった。

終章

サリーの騒動から約一週間。

私達は再びサーズ町の教会に足を運んでいた。

マーブルは途中だった世界の調整をしに行ったため、別行動だ。

「しかし、驚きました。まさか二週間のうちに複数の精霊様から加護を授かるとは」

すぐに新たに加護を授かった話をフェ様と副神官長様にしたところ、フェ様は驚きつつも「おめでとうございますっ」とお祝いしてくれた。

副神官長様は、比較的落ち着いた様子で「おめでとうございます」と言ってくれる。

「あ、ありがとうございます？」

「鑑定結果がどうなるのか楽しみですね！」

ウキウキしているのを隠そうともせずにフェ様は言う。

……喜んでくれているのは本当なんだろうけど、ちょっと面白がってるよね？

「さあ、どうぞ！」

さっさと鑑定の部屋に連れていかれ、ずいっと魔道具を差し出された私は、反論するのを諦めた。

フェ様と副神官長様、お父さん達に見守られながら、魔道具の水晶玉にそっと手をのせる。

すると、この間のように透明な板が現れた。

「こ、これはっ」

フェ様は板を見て驚きの声を上げ、すごい勢いで結果を紙に書いていく。

私はその間水晶玉を触ったまま、ぼーっと板を見つめていた。

すると、なぜか板の輪郭がぶれて、歪み始める。

「ん？」

歪みはどんどん激しくなり、ついに板はまっぷたつに割れて……消えた。

ピシッピシピシッ。

それと同時に何かが割れるような音がする。

「え？」

慌てて水晶玉を見ると、無数のヒビが入っていた。

「「「「……」」」」

「ど、どうしよう。ごめんなさいっ！」

水晶玉に触りながら、「元に戻って〜」と念じると、ヒビは消えてなくなった。

ほっとして、水晶玉から手を離す。

その様子を見ていたアクアが驚いたように言った。

『サラ様は時空魔法も習得しているのですわねっ』

「時空魔法？」

アクアの言葉に、私は首をかしげる。そんな私を見て微笑みながら、アクアは言った。

『今、水晶玉の時を戻して、割れる前の状態にしましたでしょう？』

「えっ。今のって、回復魔法じゃないの？」

『無生物には、回復魔法は効きません』

「……」

今のが時空魔法なんだ。思わず水晶玉をまじまじと見てしまう。

「サラ様？　今いったい何が……。もしかして、時空魔法と言いませんでしたか？」

フェ様が何かを期待するような目でこちらを見ている。

「水晶玉にヒビが入っちゃって、元に戻れって念じたら、戻ったんです。精霊様は、私が時空魔法で水晶玉の時を、割れる前に戻したって言っています」

あまりのことに呆然としたまま、私はアクアの説明をそのままフェ様に伝える。

「おお！　時空魔法は時を戻せるのですか⁉　素晴らしいっ」

「この水晶玉って、これからも問題なく使えますか？」

私は水晶玉には触れずに、恐る恐る指さした。

フェ様は嬉しそうだけど、もう怖くて水晶玉には触れない。

「ふむ、問題はなさそうです。鑑定書もなんとか最後まで書けましたし。ただ、今後はこの水晶玉でサラ様の鑑定をするのは難しいかもしれませんね」

なんとなくそんな気はしてたけど、信じたくなかった。

「前回は使えたのに、どうしてなんですか？」

「サラ様の魔力に、水晶玉が耐えられなかったのでしょう。やはり、王都の水晶玉をどうにかして使えないものか……。待てよ、今度王都に行くのだから、その時にでも……」

「フェビラル様！　軽率な行動は控えてください。あの水晶玉を借りるなんて！　注目を浴びてしまいますよ」

「んんっ。わかっている」

副神官長様に釘を刺されて、フェ様は残念そうだ。

でも注目を浴びるのは嫌なので、きっぱり諦めていただきたい。

「しかし、サラ様は本当に習っていない魔法でも使いこなせるのですね」

フェ様は水晶玉のことは諦め、私の魔法に関心を移したみたい。

「念じるだけで思い通りに魔法を使うことができるとは、素晴らしい！　サラ様には使えない魔法などないのではないですか？」

「あ、ありがとうございます」

フェ様に大袈裟な程褒められて照れていると、ふと誰かの視線を感じる。

振り返ると、お母さんがなぜかこちらを見ながら首をかしげていた。

「お母さんどうしたの？」

「思ったのだけど……」

私の問いかけに、お母さんは真剣な顔で話し始める。なんだろう、とても嫌な予感がする。

「サラ、あなた学校に行く必要あるのかしら？」

「あるよっ！」

やっぱり！

悪い予感が当たったと、私は必死でお母さんの考えを否定する。

お父さんがすでに入学許可証にサインをしたのだからと言ってくれたおかげで、お母さんはなんとか納得してくれた。

お、恐ろしい！

危うく学校に行けなくなるところだった。

その時、鑑定書を熱心に見ていたフェ様が、我に返ったようにはっと顔を上げて言う。

「サラ様が学校に行く意味は十分あると思いますよ。サラ様の能力は、私でも知らないことが多いのですから、自身の力について学ぶだけでも大変有意義でしょう。あの水晶玉では正確な鑑定結果がわからないのが残念ですが、書けた内容だけでもご確認ください」

「あっ、はい」

渡された鑑定書を見て、私はフェ様の言葉に納得した。

名前　サラ
種族　人間
年齢　十歳

レベル　一
体力　三〇＋三〇〇
魔力　二〇〇＋∞
各属性の相性度
火　∞
水　∞
風　∞
土　∞
炎　∞
氷　∞
嵐　∞
大地　∞
光　SSS
闇　SSS
聖光（せいこう）　SSS
闇黒（あんこく）　SSS

空間　ＳＳＳ
時空　ＳＳＳ
――以下略――
習得魔法　全属性
スキル　家事手伝い、無詠唱、魔法無効、効果増幅、超回復
称号　精霊王の母親、四大精霊の加護（火、水、風、土）、精霊達からの感謝、竜の親愛

「「「「……」」」」

私だけでなく、お父さん達と副神官長様も絶句している。

「いやぁ。また初めて見るものがありますね！　この魔力や相性度に書いてあるマークはなんなんでしょうね？」

フェ様は子供のようにはしゃいでいるけど、誰もその疑問に答えることができない。

まさか、最高ランクだった相性度まで変わるなんて思わなかった。

呆然と鑑定書を見ていると、アクアが私の後ろからのぞき込んでくる。

『あら、それは無限大を表す記号ですわ』

「無限大？」

『無限大とは限りのないことを意味します。これ以上に大きな数は存在しません。離れているとはいえ、今は精霊王様が本来の姿に戻っていますから、サラ様にも影響が出ているのではないでしょうか？　無限大の時は、サラ様が魔力切れを起こす心配はまったくありませんわ。相性度もこれ以上のランクは存在しません。こちらは私達の加護の影響ですわね。〝精霊達からの感謝〟の称号は、精霊王様のご帰還の理由が他の精霊達に知れ渡ったからだと思いますわ。名前の通り、精霊達からサラ様への感謝の気持ちですので、魔力などへの影響はあまりないですけど。〝竜の親愛〟は、属性竜の親子を助けたからでしょう。この称号があると、竜が友好的になりますわ。この間会った飛竜がいい例ではありませんの？』

「……」

あまりのことに言葉が出ない。

「サラ様！　精霊様はなんと？」

フェ様に促(うなが)され、アクアから聞いたことをそのまま伝える。するとみんなも口をぽかんと開けたまま、固まってしまった。

「「「……」」」

「すっ素晴らしいっ！」

　フェ様の声だけが、部屋に響き渡る。

「精霊王様が猫のお姿に戻った時、この結果がどう変化するかわかりますか？」

　副神官長様が先に落ち着きを取り戻して、口を開いた。

『サラ様、前の鑑定書を見せていただけますか？』

「はいっ」

　お父さんに前の鑑定書をもらって、アクアに見せる。

『そうですわね。体力がプラス五〇の、魔力がプラス四二〇〇くらいかしら？　相性度は変わらないと思いますわ』

　それくらいならまだ受け止められると、ほっとする。

　それからみんなにアクアの言葉を伝えた。

「それでも高い数値であるのは変わらないですね。ふむ。どのぐらいに書き換えれば違和感がないかな？」

　そう言いつつ、フェ様が新しい紙にさらさらと偽の鑑定結果を書いていく。

「これぐらいでいいかな。皆さん、見ていただけますか？」

名前　サラ
種族　人間
年齢　十歳
レベル　一
体力　三〇＋二〇
魔力　二〇〇＋二〇〇〇
各属性の相性度
火　Ｓ
水　Ｓ
風　Ｓ
土　Ｓ
炎　Ｓ
氷　Ｓ
嵐　Ｓ
大地　Ｓ
光　Ａ

闇　Ａ
習得魔法　初級魔法（火、水、風、土）、回復魔法
スキル　家事手伝い、無詠唱
称号　四大精霊の加護（火、水、風、土）

「どうでしょう？　十歳の子供が持っているには強すぎるスキルを中心に消してみました。ただ無詠唱スキルは、サラ様が無意識に使っているようなので残しています。下手に隠すよりはと思いまして」

「相性度はもう少し下げてもいいのでは？」

副神官長様が指摘する。

「サラ様ご自身の能力であることは、精霊王様よりお聞きしているからな。ここはあまり変えなくていいかと思う。それに、複数の精霊様から加護を授かっているのだから、このくらい相性度が高いほうが自然だろう」

フェ様の説明に副神官長様も納得したようで、それ以上は何も言わなかった。

「では、王立魔法学校にはこの鑑定書の写しを提出します。皆様もよろしいですね？」

「「「はいっ」」」

フェ様の問いかけに、みんなで元気よく返事をする。

いろいろとあったせいで、最初の能力鑑定が遠い昔のことのような気がするけれど、あれからまだ一か月程なんだよね。

何はともあれ、私の鑑定書の書き換えは完了した。

これでようやく、王立魔法学校へ行く準備が整ったってことだよね。

あとは私が頑張るだけ！

お祖父様、待っていてね！

私が絶対にお母さんとお祖父様を会わせてあげるから！

新しい鑑定書を手に、私はそう心の中で誓うのだった。

書き下ろし番外編

母の思い

「私……ちょっと探検してくる！」

「サラっ！　待ちなさいっ」

私は扉に向かう娘のサラを止めようとしますが、夫のマークに制されます。

「サラ、あまり遠くに行ってはダメだぞ。神官様に止められたら、素直にここに戻ってくること。わかったな？」

サラはマークの言葉に「……うん」と力なく返事をすると、そのまま部屋を出ていってしまいました。

「マーク、どうして止めるの⁉　ここは村ではないのよ。もし、神官様に止められないまま教会の外に出て、迷子になってしまったらどうするのっ」

娘が心配で扉から視線が外せない私とは違い、マークはまったく心配した様子を見せません。「お腹がすいたら帰ってくるだろう」なんて、サラを溺愛しすぎて私に呆(あき)れられている人の発言とは思えないわっ！

「マークったら、サラが心配ではないの⁉」

私だけがやきもきしている状況がなんだか腹だたしくて、ついマークを責め立ててしまいます。マークはそんな私の内心を知ってか知らずか、私の両肩にそっと手を置くと、真剣なまなざしで見つめてきます。

「セレナは大丈夫か？」

「え？」

「ただでさえ、ついさっき倒れたばかりなんだぞ。ここで無理をして、また倒れでもしたらどうするんだ」

「マーク……」

私を心の底から心配してくれているとわかるマークの様子に、少しだけですが落ち着きを取り戻すことができました。

それでも、サラが心配で視線がついつい扉に向かう私でしたが、マークに強制的にソファーに寝かしつけられてしまいました。

ソファーに横になると、体がおもりのように重く感じられて、ソファーから体を引き離すのがとても難しくなりました。

それでも、私はソファーからなんとか体を起こそうとするのですが、マークに優しく肩を押さえられてしまいました。

「マーク……」

困り果ててマークを見上げると、私の頬に夫の手が添えられます。冷え切った体に、マークの温かな手はとても心地よく感じられました。

「体が冷え切ってるじゃないかっ」

思わず目を閉じる私の耳に、夫の力強い声が響きます。

「これでもだいぶよくなったのよ」

「無理するな。今は横になっているべきだ」

「でも……」

「サラには精霊王様であるマーブルがついているんだ。心配ないさ」

確かに、精霊王様であるマーブルがいれば安全でしょう。ですが、部屋を出る前に浮かべていた、サラの傷ついた表情が頭から離れません。

サラが良かれと思って言ってくれたのはわかっています。ですが、サラの存在を公表することだけは、どうしても受け入れられませんでした。

ただでさえ、とんでもない称号と能力を授かったのです。称号の件を伏せたとしても、サラの能力を隠しきることは難しいでしょう。そんなサラが貴族社会に仲間入りすることになれば、娘を手に入れようとする貴族達がどんな行動をとるのか、容易に想像ができます。

現にあの男！　あの男が私にしたようなことをサラがされる可能性だってあるのです。過去にされたあれこれを思い出して私が体を震わせていると、マークが私の両手を握りしめてくれました。

「サラはお前が思うよりもしっかりしているよ。俺達が反対している理由もちゃんとわかっている。でも、それ以上にお前のことやロドルフ様のことが心配なんだろう。セレナに似て優しい子だからな」

「そうですね……」

今はお互い離れて、冷静になる時間が必要なのかもしれません。

しばらく沈黙が続いたところで、マークが独り言のようにポツリと呟きます。

「もしかしたら、セレナを亡くなったことにしたのは、ロドルフ様なんじゃないか？」

「お父様が？　まさかっ」

マークからの思いがけない言葉に、閉じていた眼を見開きます。

「そんな嘘が流れたら、普通ならばロドルフ様が否定するだろう。だが、フェビラル様の話を聞く限り、そんな事実はなさそうだ。と言うことは、ロドルフ様本人が嘘をついたか、あるいは、その噂を肯定したとしか思えない」

呆気（あっけ）にとられる私でしたが、マークの話を聞くうちに、そうかもしれないと思うようになりました。

「でも、お父様がどうしてそんな嘘をつく必要があるの？」

「一度手紙を出して、いや。俺がロドルフ様のところに行って、直接話を……」

「だめよっ!! お父様にはたとえ何があっても、会いに来てはだめだと言われていたじゃありませんか。それに、もしお父様が嘘をついたのだとしたら、余計に私達から接触するのは危険です」

私のせいでお父様に更なるご迷惑をかけるわけにはいきません。

「大丈夫さ。俺が公爵家で働いていたのなんて、たった数年だぞ。そんな、俺のことなんて誰が覚えてるって言うんだ」

「それなら、尚のこと追い返されて終わりよ。下手をしたら、不審者として捕らえられてしまうかもしれませんっ」

私はマークを必死で止めます。マークには申し訳ないのですが、十年以上前の……それもたった数年だけ、護衛として雇われていた男が公爵家当主に会いたいと言ったところで、門前払いされるのが落ちです。

私の必死の説得に、マークも最後には納得してくれましたが、だからと言って何かいい案が思い浮かぶわけでもなく……

私が手紙を書いてみることも考えたのですが、亡くなったことになっている私が手紙を出しても、お父様のもとまで届く可能性は限りなくゼロに近いでしょう。この件に関しては、お父様と親交のないフェビラル様やジークフリート様にお願いしても難しいでしょうし、仮に面識があったとしても、フェビラル様の提案を無下にお断りしてしまった手前、お願いするのはためらわれます。八方ふさがりの状況にため息しか出ません。

「俺のほうで元冒険者仲間に連絡をとってみるよ。王都の冒険者ギルドで働いている奴がいたはずだ。もしかしたら、何か情報が入るかもしれない」

「お願いしますっ」

今は少しでも情報が欲しいところです。マークとつないだままの両手にも思わず力が入ります。

「ただ、なにせ十年以上前のことだから、あまり期待はしないでくれ」

「わかっています。それでも、何かしないではいられないの」

少しですが希望の光が見えてきました。ほっとしたところで、今度はなかなか戻ってこないサラが心配になります。それは、サラを一人で行かせたマークも同じなようで、このまま部屋にいるべきか、それとも捜(さが)しに行くべきかと扉の前でうろうろする夫に呆(あき)れるより、一緒になって心配してしまう私。似たもの夫婦なのでしょうね。

「お父さん、お母さん、ただいま！」

先程とは違うサラの晴れやかな表情を見ると、マークの言う通り娘を一人にしてよかったようです。

ですが、まさかサラが王立魔法学校に行きたいと言い出すとは思いもしませんでした！

そもそも、アミーちゃんに教えてもらうまで、王立魔法学校の存在をまったく知らなかった娘です。それがどうして入学したいなんて話になるのか、私にはわけがわかりませんでした。

いろいろと入学したい理由を話してくれますが、忙(せわ)しなく泳ぐ目を見ると、それらの理由が本心だとは思えません。

それでも今後のことを考えると、確かに王立魔法学校に入学することは、サラにとって悪い話ではないでしょう。

ただその場合、私達とサラは離れて暮らすことになります。

もし、サラの称号が露見してしまった時、すぐに助けることができない距離に不安しかありません。

とてもではないですが、賛成することはできません。サラには甘いマークも、これには反対をします。

「入学前に精霊様達の説得をすませるから！　マーブルの力には頼らないし、一人でも頑張るから。お願いっ！」

ですが、サラは諦めません。娘は両手を胸の前で組むと、必死で懇願します。

サラのうるうるの目に最初に根負けしたのは、当然のことながらマークでした。

「セレナ、サラがここまで言っているんだ。心配なのはわかるが、許してやろう？」

「あなたっ⁉」

「お父さん、ありがとうっ！」

ここぞとばかりに娘は喜んで、マークに抱きつきます。抱きつかれた夫はデレデレです。本当に娘に甘いんだから！

ですが、マークも考えたうえでの賛成だったようで、サラの将来のことまで言われてしまったら、私もこれ以上は何も言えません。

少しでも危険を感じたら村に帰ってくることを約束させることで、入学を許すことにしました。とはいえ、まだ入学できるかもわからない状態での話し合いです。もしかしたら、教会から入学許可証がもらえない可能性だってあります。

私達はフェビラル様に話を聞きに行くことにしました。

入学許可証の話の前に、まずは私達の結論を伝えます。フェビラル様がどんな反応をするのか、家族にとっては緊張の一瞬です。

なにせ、フェビラル様の提案を断っておいて、教会で守ってほしいと厚かましくもお願いするのです。気分を害されても仕方がありません。

そんな私達の心配をよそに、フェビラル様は「わかりました。ではその方向で調整しましょう」と怒ることなく、あっさりと了承してくださいました。

それだけでなく、「皆さんが不安になるような態度をとってしまい、申し訳ない」と謝罪までしてくださいました。元王族であるフェビラル様がです‼

なんとも畏れ多い展開に、私達のほうが恐縮してしまいました。

しかし、ほっとしたのもつかの間、精霊様との話し合いの場で、サラとマーブルの体が浮いたと思ったら、窓の外に放り出されてしまったのです!!

「『サラっ!?』」

私とマークは窓に駆け寄って下をのぞき込みますが、サラ達の姿はどこにもありません。

「やられたっ」

ジークフリート様の声に後ろを振り返れば、精霊様達の姿も消えていました。

私達のサラが帰ってきたのは、夕暮れ時でした。

忽然(こつぜん)と姿を現したサラに駆け寄ると、マークと二人で抱き締めます。

サラが見つかるまで、本当に生きた心地がしませんでした!

幸いなことに怪我はしていないようですが、服は泥(どろ)だらけで、大変な試練だったことがうかがえます。

サラの話では、ジークフリート様に加護を授(さず)けている精霊様が娘を見つけ出して、ここまで連れ戻してくれたそうです。ジークフリート様達には感謝してもしきれません。

サラがジークフリート様達にお礼を伝えている後ろで、私達も深く頭を下げます。

『あとは我々が話をしよう』

四柱の精霊様達が姿を現したのはそんな時です。マークがすぐに動いて、サラを連れ去られないように抱きかかえます。私もサラ達のそばに駆け寄ります。あんな思いは二度とごめんです！

ほぼ同時に、サラを捜しに外に出ておられたフェビラル様達も戻ってきました。警戒する私達をよそに、精霊様達は先程とはまるで違う落ち着いた様子で、サラの試練が終了したことを伝えます。

『彼女が、精霊王様といることを認めよう』

まさかのお許しに驚きますが、サラがそれだけ頑張ったということでしょう。突然連れ去られて不安でいっぱいだったでしょうに、サラは精霊様達に認められたのです。誇らしい気持ちと同時に、勝手ですが少し寂しくも感じます。まだまだ子供でいてほしいのに、子供の成長はあっという間ですね。

けれども、のんきに感傷に浸っていられたのはここまででした。

精霊様達が提示した条件の中に、なぜか水の精霊様がサラに加護を授けることが含まれていたのです！

いろいろと思うところはありましたが、精霊様達から理由を聞いてしまえば、納得せざるをえませんでした。水の精霊様が他の精霊様達よりもサラに対して友好的だったことも、影響していたかもしれません。

ただ、姿を消した他の精霊様達に向かって、水の精霊様が意味深な言葉を述べられたのが少し引っかかりましたが、さすがにこれ以上の騒動はないだろうとすぐに忘れてしまいました。

けれども、騒動というものは、忘れた頃にやってくるものです。サリーちゃんの行方を知らないかとサマンサさんが尋ねてきたのは、マーブルが帰ってくる日のことでした。

留守番をお願いしていたはずのサラが、サリーちゃんを捜すために森に向かったとライリーとネネが伝えに来た時は、マークと二人で本当に驚きました。

慌てて村の門に向かえば、門の前では顔を蒼白にしたラルフさんがいて、私達は間に合わなかったのだとわかりました。

そして、心配する私達をよそにサラは無事にサリーちゃんを見つけて戻ってきました。

なぜか、精霊様達からの加護も授かって……

気まずそうに話すサラの様子から、娘にとっても予想外だったことがうかがえます。

だけどね、サラ。お母さん達はもうお腹いっぱいです。これ以上の騒動は必要ないのよ？

そんな私達の心情など知ったことかと言わんばかりに、二度目の能力鑑定ではまさかのＳＳＳランクを上回る∞ランクと謎の称号達。さらには水晶玉の破壊……からの新たな魔法の習得。私達の驚きはとどまることを知りません。それにしても……

「サラ、あなた学校に行く必要あるのかしら？」

「あるよっ！」

サラの必死な姿に、思わず吹き出しそうになりますが我慢します。

サラはこれからもいろいろな騒動を巻き起こすことでしょう。そばで見守ることができなくなるのは不安ですが、きっとサラならなんとかしてしまうのでしょう。

そんな不思議な確信があるのです。

でもサラ、無理だけはしないでね。

本書は、2019年12月当社より単行本として刊行されたものに書き下ろしを加えて文庫化したものです。


この作品に対する皆様のご意見・ご感想をお待ちしております。

おハガキ・お手紙は以下の宛先にお送りください。

【宛先】

〒150-6008 東京都渋谷区恵比寿4-20-3 恵比寿ガーデンプレイスタワー 8F
（株）アルファポリス　書籍感想係

メールフォームでのご意見・ご感想は右のＱＲコードから、
あるいは以下のワードで検索をかけてください。

検索

ご感想はこちらから

レジーナ文庫

私がいつの間にか精霊王の母親に!?

桜 あぴ子

2023年4月20日初版発行

文庫編集－斧木悠子・森 順子
編集長－倉持真理
発行者－梶本雄介
発行所－株式会社アルファポリス
〒150-6008 東京都渋谷区恵比寿4-20-3 恵比寿ガーデンプレイスタワー8階
TEL 03-6277-1601（営業）　03-6277-1602（編集）
URL https://www.alphapolis.co.jp/
発売元－株式会社星雲社（共同出版社・流通責任出版社）
〒112-0005 東京都文京区水道1-3-30
TEL 03-3868-3275
装丁・本文イラスト－成瀬ちさと
装丁デザイン－AFTERGLOW
（レーベルフォーマットデザイン－ansyyqdesign）
印刷－中央精版印刷株式会社

価格はカバーに表示されてあります。

落丁乱丁の場合はアルファポリスまでご連絡ください。

送料は小社負担でお取り替えします。


ISBN978-4-434-31902-0 C0193